SV

Band 1052 der Bibliothek Suhrkamp

Alexander Blok

Alexander Blok
Gedichte
Стихотворения

Russisch und deutsch
Ausgewählt, nachgedichtet und
mit einem Nachwort versehen
von Adrian Wanner

Suhrkamp Verlag

Auswahl aus *Sobranie sočinenij v vos'mi tomach*,
Moskau–Leningrad 1960-1963

Erste Auflage 1990

Satz: MZ-Verlagsdruckerei GmbH, Memmingen
Druck: Nomos Verlagsgesellschaft, Baden-Baden
Printed in Germany

Aus dem »Ersten Buch«

Из »Первой книги«

СТИХИ О ПРЕКРАСНОЙ ДАМЕ

Я вышел. Медленно сходили
На землю сумерки зимы.
Минувших дней младые были
Пришли доверчиво из тьмы . . .

Пришли и встали за плечами,
И пели с ветром о весне . . .
И тихими я шел шагами,
Провидя вечность в глубине . . .

О, лучших дней живые были!
Под вашу песнь из глубины
На землю сумерки сходили
И вечности вставали сны! . . .

25 января 1901. С.-Петербург

Ветер принес издалёка
Песни весенней намек,
Где-то светло и глубоко
Неба открылся клочок.

В этой бездонной лазури,
В сумерках близкой весны
Плакали зимние бури,
Реяли звездные сны.

Робко, темно и глубоко
Плакали струны мои.
Ветер принес издалёка
Звучные песни твои.

29 января 1901

DIE VERSE VON DER SCHÖNEN DAME

Ich trat hinaus, und langsam senkten
Die Winterschatten sich aufs Land.
Vergangenes und Jugend winkten,
Wo ich im Dunkel ahnend stand . . .

Sie kamen, blieben stehn, und sangen
Im Winde von der Jugendzeit . . .
Mit leisem Schritt bin ich gegangen,
Und tief vor mir lag Ewigkeit . . .

O bessre Tage, die mir winkten!
Gesang von euch weht durch die Nacht,
Und wo aufs Land sich Schatten senkten,
Sind Traum und Ewigkeit erwacht . . .

25. Janaur 1901. St. Petersburg

Der Wind aus der Ferne mir brachte
Eines Frühlingslieds heimliches Wehn.
Weit oben, wo Helle erwachte,
War ein Fetzen Himmel zu sehn.

In der Tiefe des Blaus versunken,
Im frühlingsnah dämmrigen Raum,
Von den Stürmen des Winters trunken,
Schwebte weinend ein Sternentraum.

Verborgen, dunkel und sachte
Erklang meine Saite bang . . .
Der Wind aus der Ferne mir brachte
Deiner Lieder wehenden Klang.

29. Januar 1901

Ты отходишь в сумрак алый,
В бесконечные круги.
Я послышал отзвук малый,
Отдаленные шаги.

Близко ты, или далече
Затерялась в вышине?
Ждать иль нет внезапной встречи
В этой звучной тишине?

В тишине звучат сильнее
Отдаленные шаги.
Ты ль смыкаешь, пламенея,
Бесконечные круги?

6 марта 1901

Белой ночью месяц красный
Выплывает в синеве.
Бродит призрачно-прекрасный,
Отражается в Неве.

Мне провидится и снится
Исполненье тайных дум.
В вас ли доброе таится,
Красный месяц, тихий шум?...

22 мая 1901

Du gehst fort in rote Weiten.
Endlos dreht sich Kreis um Kreis.
Ich vernahm ein stilles Schreiten –
Deine Schritte fern und leis.

Sag, wo bist du hingeraten,
Nahe, oder hoch entschwebt?
Soll ich weiter auf dich warten,
Wo die Stille tönend bebt?

In der Stille dröhnend, lauter
Sind die Schritte jedesmal.
Schließt du, hell erglüht und heiter
Grenzenloser Kreise Zahl?

6. März 1901

Roter Mond in weißen Nächten
Taucht empor, vom Blau umspült.
Geisterhaft verklärtes Trachten
Treibt im Newa-Spiegelbild.

Wieder sehe ich im Träumen,
Was geheime Wünsche lohnt.
Hegt ihr Gutes im Geheimen,
Stilles Rauschen, roter Mond? . . .

22. Mai 1901

И тяжкий сон житейского сознанья
Ты отряхнешь, тоскуя и любя.
Вл. Соловьев

Предчувствую Тебя. Года проходят мимо –
Всё в облике одном предчувствую Тебя.

Весь горизонт в огне – и ясен нестерпимо,
И молча жду, – *тоскуя и любя.*

Весь горизонт в огне, и близко появленье,
Но страшно мне: изменишь облик Ты,

И дерзкое возбудишь подозренье,
Сменив в конце привычные черты.

О, как паду – и горестно, и низко,
Не одолев смертельныя мечты!

Как ясен горизонт! И лучезарность близко.
Но страшно мне: изменишь облик Ты.

4 июня 1901. С. Шахматово

Дождешься ль вечерней порой
Опять и желанья, и лодки,
Весла и огня за рекой?
Фет

Сумерки, сумерки вешние,
Хладные волны у ног,
В сердце – надежды нездешние,
Волны бегут на песок.

Отзвуки, песня далекая,
Но различить – не могу.

Und den schweren Traum des alltäglichen Bewußtseins
Wirst du sehnsüchtig liebend abschütteln.
Wl. Solowjow

Ich ahne Dich voraus. Vorbei zieht Jahr für Jahr –
Mit ewig gleichen Zügen erahn' ich Dich schon lang.

Der Horizont flammt auf – ist unerträglich klar,
Und schweigend warte ich – *voll Sehnsucht, stumm und bang.*

Der Horizont flammt auf, und die Erscheinung naht,
Doch mir wird angst: Du änderst Dein Gesicht,

Und dreist weckst Du entsetzlichen Verdacht,
Die alten Züge sind vertauscht im klaren Licht.

Wie qualvoll, und wie tief fühl' ich mich fallen,
Die Todesträume überwand ich nicht!

Wie klar der Horizont! Und nah das helle Strahlen.
Doch mir wird angst: Du änderst Dein Gesicht.

4. Juni 1901. Schachmatowo

Wartest du etwa zur Abendstunde
Wieder auf Wünsche, und Boote,
Auf Ruder, und Feuer hinter dem Fluß?
Fet

Dämmerung, Dämmerung, Frühlingslicht,
Füße von Wellen gekühlt,
Hoffnung im Herzen – erfüllt sie sich?
Sandufer, wellenumspült.

Klangfetzen, Lieder von überall,
Unklar-verschwommenes Wort.

Плачет душа одинокая
Там, на другом берегу.

Тайна ль моя совершается,
Ты ли зовешь вдалеке?
Лодка ныряет, качается,
Что-то бежит по реке.

В сердце – надежды нездешние,
Кто-то навстречу – бегу . . .
Отблески, сумерки вешние,
Клики на том берегу.

16 августа 1901

Ужасен холод вечеров,
Их ветер, бьющийся в тревоге,
Несуществующих шагов
Тревожный шорох на дороге.

Холодная черта зари –
Как память близкого недуга
И верный знак, что мы внутри
Неразмыкаемого круга.

Июль 1902

Weinender Einsamkeit Widerhall,
Jenseits, am anderen Ort.

Wird sich Geheimes erfüllen mir,
Ruft mich von ferne dein Gruß?
Sacht schwankt das Boot über Wellen hin,
Etwas blitzt auf längs dem Fluß.

Hoffnung im Herzen – erfüllt sie sich?
Jemand ist da – ich will fort . . .
Widerschein, Dämmerung, Frühlingslicht,
Rufe am anderen Ort.

16. August 1901

Die Abende sind schrecklich kalt,
Die ruhelosen Winde blasen,
Von unsichtbaren Schritten hallt
Ein Beben heftig durch die Straßen.

Der kalte Strich des Abendrots
Gemahnt an nahes Leid und Bangen –
Das unfehlbare Zeichen droht:
Wir gehn im Kreis, wir sind gefangen.

Juli 1902

Золотистою долиной
Ты уходишь, нем и дик.
Тает в небе журавлиный
Удаляющийся крик.

Замер, кажется, в зените
Грустный голос, долгий звук.
Бесконечно тянет нити
Торжествующий паук.

Сквозь прозрачные волокна
Солнце, света не тая,
Праздно бьет в слепые окна
Опустелого жилья.

За нарядные одежды
Осень солнцу отдала
Улетевшие надежды
Вдохновенного тепла.

29 августа 1902

Вхожу я в темные храмы,
Совершаю бедный обряд.
Там жду я Прекрасной Дамы
В мерцаньи красных лампад.

В тени у высокой колонны
Дрожу от скрипа дверей.
А в лицо мне глядит, озаренный,
Только образ, лишь сон о Ней.

О, я привык к этим ризам
Величавой Вечной Жены!

Durch das Tal in goldnem Schimmer
Gehst du stumm und scheu davon.
Weit entfernt am hohen Himmel
Schmilzt dahin ein Kranichton.

Fern verklungen ist die Stimme
Am Zenit schwermütig-bang.
Triumphierend knüpft die Spinne
Ihre Fäden endlos lang.

In den lichtdurchströmten Fasern
Dringt die Sonne schon nicht mehr
Durch die blinden Fenstergläser,
Und das Haus ist kalt und leer.

Um im bunten Kleid zu prunken,
Tauscht der Herbst mit Sonnenschein
Die verflognen Hoffnungsfunken
Und den Traum von Wärme ein.

29. August 1902

Ich verrichte in dunklen Tempeln
Meine ärmliche Zeremonie.
Dort wart' ich im Glanze der Lampen
Auf die Schöne Dame – auf Sie.

Im Schatten der hohen Säule
Zittre ich vom Knarren der Tür.
Doch in mein Gesicht blickt helle
Nur das Bild, nur der Traum von Ihr.

O ich kenne diese Verkleidung
Der erhabenen Ewigen Frau!

Высоко бегут по карнизам
Улыбки, сказки и сны.

О, Святая, как ласковы свечи,
Как отрадны Твои черты!
Мне не слышны ни вздохи, ни речи,
Но я верю: Милая – Ты.

25 октября 1902

Разгораются тайные знаки
На глухой, непробудной стене.
Золотые и красные маки
Надо мной тяготеют во сне.

Укрываюсь в ночные пещеры
И не помню суровых чудес.
На заре – голубые химеры
Смотрят в зеркале ярких небес.

Убегаю в прошедшие миги,
Закрываю от страха глаза,
На листах холодеюще й книги –
Золотая девичья коса.

Надо мной небосвод уже низок,
Черный сон тяготеет в груди.
Мой конец предначертанный близок,
И война, и пожар – впереди.

Октябрь 1902

Hoch über die Simse eilen
Ein Lächeln, ein Märchen, ein Traum.

O Heilge, wie zärtlich die Kerzen,
Die Tröstungen Deines Gesichts!
Ich hör' keine Seufzer, kein Reden,
Doch ich glaub' es: Liebste – Du bist's.

25. Oktober 1902

Ich seh' flammende Zeichen gaukeln
An der Mauer, verödet und wild.
Golden-purpurne Mohnblumen schaukeln
Über mir als bedrückendes Bild.

Tief verborgen in nächtlichen Höhlen
Kann den Wundern ich nicht mehr vertraun.
Morgens früh kommen blaue Chimären,
Die am Himmel sich spiegelnd beschaun.

Ich entfliehe in frühere Zeiten,
Und verschließe den Blick angsterfüllt,
Vor erkaltenden Bücherseiten,
Woraus golden ein Mädchenzopf quillt.

Über mir sank das Himmelszelt nieder,
Als in finsterem Traum ich mich wand.
Und mein Ende rückt näher, und wieder
Sehe ich vor mir Krieg und Brand.

Oktober 1902

Дома растут, как желанья,
Но взгляни внезапно назад;
Там, где было белое зданье,
Увидишь ты черный смрад.

Так все вещи меняют место,
Неприметно уходят ввысь.
Ты, Орфей, потерял невесту, –
Кто шепнул тебе: »Оглянись . . .«?

Я закрою голову белым,
Закричу и кинусь в поток.
И всплывет, качнется над телом
Благовонный, речной цветок.

5 ноября 1902

Häuser wachsen wie Wünsche empor.
Doch wende unvermittelt den Blick:
Wo stand ein weißes Gebäude zuvor
Bleibt schwarzer Gestank zurück.

So wechselt alles ständig den Ort,
Verliert sich unmerklich in Himmelshöhn.
Dir, Orpheus, nahm die Braut man fort,
Wer raunte dir zu: »Schau zurück, bleib stehn . . .?«

Und ich verhülle weiß mein Haupt,
Aufschreiend stürze ich mich in den Strom.
Über mir, im Flusse schaukelnd, treibt
Eine duftende Blume davon.

5. November 1902

РАСПУТЬЯ

Несбыточное грезится опять.
Фет

Еще бледные зори на небе,
Далеко запевает петух.
На полях в созревающем хлебе
Червячок засветил и потух.

Потемнели ольховые ветки,
За рекой огонек замигал.
Сквозь туман чародейный и редкий
Невидимкой табун проскакал.

Я печальными еду полями,
Повторяю печальный напев.
Невозможные сны за плечами
Исчезают, душой овладев.

Я шепчу и слагаю созвучья –
Небывалое в думах моих.
И качаются серые сучья,
Словно руки и лица у них.

17 ноября 1902

Я был весь в пестрых лоскутьях,
Белый, красный, в безобразной маске.
Хохотал и кривлялся на распутьях,
И рассказывал шуточные сказки.

Развертывал длинные сказанья
Бессвязно, и долго, и звонко –

KREUZWEGE

Wieder träumt mir Unerfüllbares
Fet

Überm Himmel verfließt bleiche Röte,
Während ferne ein Hahnenschrei singt.
Auf den Feldern, im reifenden Brote,
Blitzt ein Glühwürmchen auf und verglimmt.

In den Zweigen der Erlen liegt Dunkel,
Hinterm Fluß brennt ein flackernder Schein.
Durch den Zauberdunst flimmert Gefunkel:
Eine Herde sprang heimlich vorbei.

Auf den Fahrten durch traurige Felder
Wiederholt sich mein Trauergesang.
Das Unmögliche schwindet, verendet
Mit dem Traum, der die Seele bezwang.

Flüsternd schaffe ich Klänge, Gebilde,
Nie Gewesenes wird zum Gedicht.
Und es schaukeln die Äste im Winde
Wie mit Händen und einem Gesicht.

17. November 1902

Völlig vermummt mit bunten Fetzen,
Weiß, und rot, in häßlicher Maske,
Schnitt ich Grimassen auf den Plätzen,
Erzählte Geschichten, kreischte und lachte.

Ich hielt verwickelte, lange Reden,
Voll von wirren, klangvollen Bildern –

О стариках, и о странах без названья,
И о девушке с глазами ребенка.

Кто-то долго, бессмысленно смеялся,
И кому-то становилось больно.
И когда я внезапно сбивался,
Из толпы кричали: »Довольно!«

Апрель 1903

По городу бегал черный человек.
Гасил он фонарики, карабкаясь на лестницу.

Медленный, белый подходил рассвет,
Вместе с человеком взбирался на лестницу.

Там, где были тихие, мягкие тени –
Желтые полоски вечерних фонарай, –

Утренние сумерки легли на ступени,
Забрались в занавески, в щели дверей.

Ах, какой бледный город на заре!
Черный человечек плачет на дворе.

Апрель 1903

ФАБРИКА

В соседнем доме окна жолты.
По вечерам – по вечерам
Скрипят задумчивые болты,
Подходят люди к воротам.

Von Greisen, von namenlosen Planeten,
Und von Mädchen mit Augen von Kindern.

Jemanden schüttelte sinnloses Lachen,
Und jemand war plötzlich vor Schmerz erbleicht.
Und als ich verwirrt begann zu stocken,
Da schrie man aus der Menge: »Es reicht!«

April 1903

Ein schwarzer Mensch eilt in den Straßen um.
Er löschte die Laternen, hoch oben auf der Leiter.

Weiß und zögernd nahte die Dämmerung,
Und mit dem Menschen erklomm sie die Leiter.

Dort wo die weichen Schatten still verliefen –
Der abendlichen Lampen gelber Schein, –

Legte das Morgenlicht sich auf die Stufen,
Und schlich durch Vorhänge und Türritzen herein.

Ach, welch bleiche Stadt im Morgenrot!
Ein schwarzes Menschlein klagte auf dem Hof.

April 1903

FABRIK

Im Haus die Fenster gelb und trübe.
Zur Abendzeit – zur Abendzeit
Nachdenklich dröhnen Hämmerhiebe,
Das Volk strömt zu den Toren weit.

И глухо заперты ворота,
А на стене – а на стене
Недвижный кто-то, черный кто-то
Людей считает в тишине.

Я слышу всё с моей вершины:
Он медным голосом зовет
Согнуть измученные спины
Внизу собравшийся народ.

Они войдут и разбредутся,
Навалят нá спины кули.
И в жолтых окнах засмеются,
Что этих нищих провели.

24 ноября 1903

СТАТУЯ

Лошадь влекли под уздцы на чугунный
Мост. Под копытом чернела вода.
Лошадь храпела, и воздух безлунный
Храп сохранял на мосту навсегда.

Песни воды и сripящие звуки
Тут же вблизи расплывались в хаос.
Их раздирали незримые руки.
В черной воде отраженье неслось.

Мерный чугун отвечáл однотонно.
Разность отпала. И вечность спала.
Черная ночь неподвижно, бездонно –
Лопнувший в бездну ремень увлекла.

Und fest verschlossen ist der Eingang,
Doch an der Wand – doch an der Wand
Ganz still, und schwarz, und ohne Regung,
Die Leute zählt ein Mensch gewandt.

Von oben höre ich die Tücken:
Die ehrne Stimme laut befiehlt,
Zu krümmen die gequälten Rücken,
Dem Volk, das unten Einzug hielt.

Sie treten ein in das Gebäude,
Der Rücken von der Last sich bog.
Am gelben Fenster Schadenfreude,
Daß man das arme Volk betrog.

24. November 1903

STATUE

Sie zerrten das Pferd auf die Brücke aus Eisen.
Unter den Hufen lag schwarz der Kanal.
In der mondlosen Luft war das Schnauben und Brausen
Des Pferdes für immer bewahrt im Stahl.

Die Wasserlieder, die schnaubenden Klänge
Verschwammen im Chaos, im taumelnden Tanz,
Auseinandergerissen von heimlichen Händen,
Vom Wasser gespiegelt in schwarzem Glanz.

Der Gußstahl begann monoton zu vibrieren.
Verschiedenheit schwand. Und die Ewigkeit schlief.
Die Nacht riß fort den geborstenen Riemen –
Bewegungslos, schwarz, und abgrundtief.

Всё пребывало. Движенья, страданья –
Не было. Лошадь храпела навек.
И на узде в напряженьи молчанья
Вечно застывший висел человек.

28 декабря 1903

В час, когда пьянеют нарциссы,
И театр в закатном огне,
В полутень последней кулисы
Кто-то ходит вздыхать обо мне . . .

Арлекин, забывший о роли?
Ты, моя тихоокая лань?
Ветерок, приносящий с поля
Дуновений легкую дань?

Я, паяц, у блестящей рампы
Возникаю в открытый люк.
Это – бездна смотрит сквозь лампы –
Ненасытно-жадный паук.

И, пока пьянеют нарциссы,
Я кривляюсь, крутясь и звеня . . .
Но в тени последней кулисы
Кто-то плачет, жалея меня.

Нежный друг с голубым туманом,
Убаюкан качелью снов.
Сиротливо приникший к ранам
Легкоперстный запах цветов.

26 мая 1904. С. Шахматово

Alles verharrte. Nicht Regung, nicht Leiden –
Nur das Pferd, das immerzu schnaubt und scharrt.
Und am Zügel, gebannt in gespanntem Schweigen,
Hing ein Mensch – für ewig erstarrt.

28. Dezember 1903

Wenn zechend gröl'n die Narzisse,
Das Theater im Abendrot glüht,
Tritt ins Dunkel der letzten Kulisse
Jemand, der sich um mich bemüht . . .

Harlekin, der die Rolle vergessen?
Oder du, mein stilläugiges Reh?
Ist's ein Wind, der vom Felde draußen
Herbeiträgt ein luftiges Wehn?

Als Bajazzo, an funkelnder Rampe
Tauch' ich aus der Versenkung empor.
Ein Abgrund starrt durch die Lampen –
Eine gierige Spinne davor.

Während zechend gröl'n die Narzisse
Schneid' ich Possen vom Irrsinn gejagt . . .
Doch im Schatten der letzten Kulisse
Weint einer, der um mich klagt.

Der Freund träumt im hellblauen Dunste,
Gewiegt von dem schaukelnden Traum.
Verlassen umschmiegt meine Wunde
Leichtfingriger blumiger Schaum.

26. Mai 1904. Schachmatowo

Aus dem »Zweiten Buch«
Из »Второй книги«

ПУЗЫРИ ЗЕМЛИ

Земля, как и вода, содержит газы,
И это были пузыри земли.
Макбет

На перекрестке,
Где даль поставила,
В печальном весельи встречаю весну,

На земле еще жесткой
Пробивается первая травка.
И в кружеве березки –
Далеко – глубоко –
Лиловые скаты оврага.

Она взманила,
Земля пустынная!

На западе, рдея от холода,
Солнце – как медный шлем воина,
Обращенного ликом печальным
К иным горизонтам,
К иным временам . . .

И шишак – золотое облако –
Тянет ввысь белыми перьями
Над дерзкой красою
Лохмотий вечерних моих!

И жалкие крылья мои –
Крылья вороньего пугала –
Пламенеют, как солнечный шлем,
Отблеском вечера . . .
Отблеском счастия . . .

BLASEN DER ERDE

Die Erde, wie das Wasser, enthält Gase,
Und das waren die Blasen der Erde.
Macbeth

Auf dem Kreuzweg,
Wo die Ferne sich aufstellte,
Grüß' ich mit trauriger Freude den Frühling.

Durch die noch harte Erde
Zwängt sich das erste Gras.
Und im Spitzengewebe der Birke –
Ferne – tief unten –
Die lila Abhänge der Schlucht.

Wie sie bezauberte
Die öde Erde!

Im Westen, rot schimmernd vor Kälte,
Die Sonne – der kupferne Helm eines Kriegers,
Der das traurige Antlitz hinwendet
Zu anderen Horizonten,
Zu anderen Zeiten . . .

Und die Spitze des Helms – eine goldene Wolke –
Ragt in die Höhe mit weißen Federn
Über der dreisten Schönheit
Meiner abendlichen Lumpen.

Und meine kläglichen Flügel –
Die Flügel einer Rabenscheuche –
Flammen auf, wie der Sonnenhelm,
Im Abglanz des Abends . . .
Im Abglanz des Glücks . . .

И кресты – и далекие окна –
И вершины зубчатого леса –
Всё дышит ленивым
И белым размером
        Весны.

5 мая 1904

Полюби эту вечность болот:
Никогда не иссякнет их мощь.
Этот злак, что сгорел, – не умрет.
Этот куст – без истления – тощ.

Эти ржавые кочки и пни
Знают твой отдыхающий плен.
Неизменно предвечны они, –
Ты пред Вечностью полон измен.

Одинокая участь светла.
Безначальная доля свята.
Это Вечность Сама снизошла
И навеки замкнула уста.

3 июня 1905

Болото – глубокая впадина
Огромного ока земли.
Он плакал так долго,
Что в слезах изошло его око
И чахлой травой поросло.
Но сквозь травы и злаки
И белый пух смежённых ресниц –
Пробегает зеленая искра,

Und die Kreuze – und fernen Fenster –
Und die Wipfel des gezackten Waldes –
Alles atmet im trägen
Und weißen Takte
        Des Frühlings.

5. Mai 1907

Dieses endlose sumpfige Land,
Hab es lieb: nie versiegt seine Kraft.
Es stirbt nicht, dieses Gras, das verbrannt,
Dieser ewige Strauch ohne Saft.

Diesem rostigen Hügel, dem Stumpf,
Bist auch du, der Gefangene, bekannt.
Unveränderlich Ewiger Sumpf –
Du, Verräter, hast keine Bestand.

Einsamkeit ist ein helleres Los.
Heilig ist die Gesetzlosigkeit.
Und die Ewigkeit selbst, still und groß,
Stieg hernieder, verstummte, und schweigt.

3. Juni 1905

Das Moor ist die tiefe Höhlung
Des ungeheuren Erdauges.
Er weinte so lange,
Daß sein Auge in Tränen auslief
Und mit schütterem Gras zuwuchs.
Doch durch die Halme und Gräser,
Durch den weißen Flaum geschloßner Wimpern,
Springt zuweilen ein grüner Funke,

Чтобы снова погаснуть в болоте,
И тогда говорят в деревнях
Неизвестно откуда пришедшие
Колдуны и косматые ведьмы:
»Это шутит над вами болото.
Это манит вас темная сила.«
И когда они так говорят,
Старики осеняются знаменьем крестным,
Пожилые – смеются,
А у девушек – ясно видны
За плечами белые крылья.

3 июня 1905

Осень поздняя. Небо открытое,
И леса сквозят тишиной.
Прилегла на берег размытый
Голова русалки больной.

Низко ходят туманные полосы,
Пронизали тень камыша.
На зеленые длинные волосы
Упадают листы, шурша,

И опушками отдаленными
Месяц ходит с легким хрустом и глядит,
Но, запутана узлами зелеными,
Не дышит она и не спит.

Бездыханный покой очарован,
Несказáнная боль улеглась.
И над миром, холодом скован,
Пролился звонко-синий час.

Август 1905

Um aufs neue im Moor zu verlöschen.
Und sie sagen in den Dörfern,
Wer weiß denn, woher sie kamen,
Die Zauberer und zottigen Hexen:
»Da hält euch das Moor zum Narren.
Da lockt euch die dunkle Macht.«
Und wenn sie so reden,
Schlagen die Greise das Zeichen zum Kreuz,
Die Älteren lachen,
Und bei den Mädchen sind klar zu sehn
Hinter den Schultern weiße Flügel.

3. Juni 1905

Später Herbst. Der Himmel weit offen,
Und die Wälder von Stille durchwebt.
Auf die verwaschene Uferböschung
Hat die kranke Nixe ihr Haupt gelegt.

Niedrige Nebelstreifen wallen,
Die im Schatten des Schilfs versanken.
Auf die grünen, langen Haare fallen
Leise raschelnd Blätter und Ranken.

Der Mond an entfernten Waldesrändern
Wandelt mit leichtem Knirschen und blickt,
Aber, verwickelt in grünen Bändern,
Atmet sie nicht und schläft auch nicht.

Atemlose Ruhe, verzaubert.
Unsäglicher Schmerz ward mild und lau.
Über der Welt, die vor Kälte erschauert,
Verströmte die Stunde tönend-blau.

August 1905

ПЛЯСКИ ОСЕННИЕ

Волновать меня снова и снова –
В этом тайная воля твоя,
Радость ждет сокровенного слова,
И уж ткань золотая готова,
Чтоб душа засмеялась моя.

Улыбается осень сквозь слезы,
В небеса улетает мольба,
И за кружевом тонкой березы
Золотая запела труба.

Так волнуют прозрачные звуки,
Будто милый твой голос звенит,
Но молчишь ты, поднявшая руки,
Устремившая руки в зенит.

И округлые руки трепещут,
С белых плеч ниспадают струи,
За тобой в хороводах расплещут
Осенницы одежды свои.

Осененная реющей влагой,
Распустила ты пряди волос.
Хороводов твоих по оврагу
Золотое кольцо развилось.

Очарованный музыкой влаги,
Не могу я не петь, не плясать,
И не могут луга и овраги
Под стопою твоей не сгорать.

С нами, к нам – легкокрылая младость,
Нам воздушная участь дана . . .

HERBSTTÄNZE

Immer wieder läßt neu mich erbeben,
Was dein heimlicher Wille ersinnt.
Freude harrt auf verborgene Reden,
Und bereit ist das goldne Gewebe,
Das die Seele zum Auflachen bringt.

Und es lächelt der Herbst unter Tränen,
Ein Gebet fliegt zum Himmel empor.
Wo die Spitzen der Birken sich dehnen,
Stieg Gesang auf aus goldenem Rohr.

So erregen mich luftige Klänge,
Als ob's du seist, die lieblich mich ruft.
Doch du schweigst und erhebst deine Hände
Hoch empor in die tönende Luft.

Und die rundlichen Arme erzittern,
Um die Schultern ein strahlendes Band.
Hinter dir in den Tänzen verschütten
Regenstürme ihr nasses Gewand.

Überschattet von schwebender Nässe
Hat dein Haar sich in Strähnen gelöst,
Und der goldene Ring deiner Tänze
Hat die herbstlichen Schluchten durchtost.

Ganz verzaubert von tönenden Güssen
Kann vom Singen, vom Tanz ich nicht fliehn,
Und die Wiesen und Schluchten, sie müssen
Unter dir, deinem Schritte, verglühn.

Mit uns – Jugend in fliegendem Kleide,
Unser Schicksal ist luftig und leicht . . .

И откуда приходит к нам Радость,
И откуда плывет Тишина?

Тишина умирающих злаков –
Это светлая в мире пора:
Сон, заветных исполненный знаков,
Что сегодня пройдет, как вчера,

Что полеты времен и желаний –
Только всплески девических рук –
На земле, на зеленой поляне,
Неразлучный и радостный круг.

И безбурное солнце не будет
Нарушать и гневить Тишину,
И лесная трава не забудет,
Никогда не забудет весну.

И снежинки по склонам оврага
Заметут, заровняют края,
Там, где им заповедала влага,
Там, где пляска, где воля твоя.

1 октября 1905

Und woher kommt sie zu uns, die Freude,
Und wie hat uns die Stille erreicht?

In der Stille, wo Gräser verbleichen,
Kennt die Welt eine lichtvolle Zeit:
Einen Traum voller heimlicher Zeichen,
Daß wie gestern das Heute enteilt,

Daß das ewige Wünschen und Werden
Wie das kindliche Klatschen vergeht,
Einer Mädchenschar, die auf der Erde
Sich in fröhlichem Reigentanz dreht.

Und die Sonne in sturmlosem Flimmern
Wird die Stille nicht reizen und störn,
Und das Waldgras wird stets sich erinnern,
Wird die Frühlingszeit immerzu spürn.

Und die Schneeflocken werden die Schluchten
Überschütten in wehendem Kranz,
Wo die Nässe ist, der sie gehorchten,
Wo sie wohnen, dein Wille, dein Tanz.

1. Oktober 1905

ВЗМОРЬЕ

Сонный вздох онемелой волны
Дышит с моря, где серый маяк
Указал морякам быстрины,
Растрепал у поднéбесья флаг,

Там зажегся последний фонарь,
Озаряя таинственный мол.
Там корабль возвышался, как царь,
И вчера в океан отошел.

Чуть, серели его паруса,
Унося торжество в океан.
Я покорно смотрел в небеса,
Где Она расточала туман.

Я увидел Глядящую в твердь –
С неземным очертанием рук.
Издалú мне привиделась Смерть,
Воздвигавшая тягостный звук.

Там поют среди серых камней,
В отголосках причудливых пен –
Переплески далеких морей,
Голоса корабельных сирен.

26 мая 1904

KÜSTE

Schläfriger Seufzer verstummter Wellen
Atmet vom Meer, wo ein grauer Turm
Seeleuten zeigte die strudelnden Stellen,
Am Himmel die Fahne zerzaust vom Sturm.

Dort entbrannte die letzte Laterne,
Ein Leuchten über die Mole kam.
Ein Schiff stieg auf wie ein Zar in der Ferne,
Und lief gestern aus in den Ozean.

Auf den Segeln gleißte ein grauer Schimmer,
Er trug Triumph auf die See hinaus.
Ich blickte ergeben empor zum Himmel,
Wo Sie in den Nebelschwaden haust.

Ich sah, wie Sie zum Himmelszelt blickte –
Unirdisch-fremd war der Umriß der Hand.
Von weitem sah ich den Tod, der mir winkte,
Ein schweres, dumpfes Dröhnen entstand.

Dort singen sie zwischen den grauen Steinen,
Im Widerhall der launischen Gischt –
Die klagenden Stimmen der Schiffssirenen,
Mit dem Tosen ferner Meere vermischt.

26. Mai 1904

ОСЕННЯЯ ВОЛЯ

Выхожу я в путь, открытый взорам,
Ветер гнет упругие кусты,
Битый камень лег по косогорам,
Желтой глины скудные пласты.

Разгулялась осень в мокрых долах,
Обнажила кладбища земли,
Но густых рябин в проезжих селах
Красный цвет зареет издалú.

Вот оно, мое веселье, пляшет
И звенит, звенит, в кустах пропав!
И вдали, вдали призывно машет
Твой узорный, твой цветной рукав.

Кто взманил меня на путь знакомый,
Усмехнулся мне в окно тюрьмы?
Или – каменным путем влекомый
Нищий, распевающий псалмы?

Нет, иду я в путь никем не званый,
И земля да будет мне легка!
Буду слушать голос Руси пьяной,
Отдыхать под крышей кабака.

Запою ли про свою удачу,
Как я молодость сгубил в хмелю . . .
Над печалью нив твоих заплачу,
Твой простор навеки полюблю . . .

Много нас – свободных, юных, статных –
Умирает, не любя . . .
Приюти ты в далях необъятных!
Как и жить и плакать без тебя!

Июль 1905. Рогачевское шоссе

HERBSTFREIHEIT

Weit geöffnet steht der Weg den Blicken,
Wo der Sturmwind tief die Sträucher biegt,
Wo im Steingeröll am Bergesrücken
Gelber Lehm in kargen Schichten liegt.

Herbstluft hat das wilde Tal durchfeuchtet,
Hat den kahlen Friedhof freigelegt,
Doch aus dichten Ebereschen leuchtet
Fernes Rot, das durch die Dörfer weht.

Hier ist meine Freude – sie will tanzen,
Klingen, bis sie im Gesträuch versinkt,
Während in der Ferne, lockend glänzend,
Bunt gemustert mir dein Ärmel winkt.

Wessen Lächeln war's, das so verlockend
Durchs Gefängnisfenster zu mir flog?
War's ein Bettler, der dem Steinpfad folgend
Psalmen singend durch die Lande zog?

Nein, von niemandem berufen, geh' ich,
Und die Erde – leicht soll sie mir sein!
Auf des trunknen Rußlands Stimme hör' ich
Unterm Kneipendach, im Lärm und Wein.

Singen will ich von dem Jugendglücke,
Längst vertan im Rausch und leeren Traum . . .
Über öde Felder ziehn die Blicke,
Ewig lieb ist mir dein weiter Raum . . .

Viele von uns – Freie, Junge, Schöne –
Sterben einsam, ohne Liebe hier . . .
Nimm sie auf in deiner weiten Ferne!
Kann man leben, weinen, fern von dir!

Juli 1905. Rogatschewsker Chaussee

ДЕВУШКА пела в церковном хоре
О всех усталых в чужом краю,
О всех кораблях, ушедших в море,
О всех, забывших радость свою.

Так пел ее голос, летящий в купол,
И луч сиял на белом плече,
И каждый из мрака смотрел и слушал,
Как белое платье пело в луче.

И всем казалось, что радость будет,
Что в тихой заводи все корабли,
Что на чужбине усталые люди
Светлую жизнь себе обрели.

И голос был сладок, и луч был тонок,
И только высоко, у царских врат,
Причастный тайнам, – плакал ребенок
О том, что никто не придет назад.

Август 1905

EIN MÄDCHEN sang im Kirchenchore
Von allen Müden im fremden Land,
Von allen Schiffen, die trieben im Meere,
Von allen, zu denen kein Glück mehr fand.

Die Stimme stieg auf zur hohen Kuppel,
Ein Strahl erglänzte im weißen Gesicht,
Und jeder sah und hörte im Dunkel –
Das weiße Kleid sang im hellen Licht.

Und alle erfüllte ein freudiges Beben,
Daß geborgen die Schiffe in stiller Bucht,
Daß jeder findet ein lichtes Leben,
Der müd in der Fremde Zuflucht sucht.

Und süß war die Stimme, des Strahles Scheinen,
Nur beim Zarentor schwebte, entrückt dem Blick,
Der Geheimnisse kundig, ein Kinderweinen,
Darum, weil keiner mehr kehrt zurück.

August 1905

РУСЬ

Ты и во сне необычайна,
Твоей одежды не коснусь.
Дремлю – и за дремотой тайна,
И в тайне – ты почиешь, Русь.

Русь, опоясана реками
И дебрями окружена,
С болотами и журавлями,
И с мутным взором колдуна,

Где разноликие народы
Из края в край, из дола в дол
Ведут ночные хороводы
Под заревом горящих сел.

Где ведуны с ворожеями
Чаруют злаки на полях,
И ведьмы тешатся с чертями
В дорожных снеговых столбах.

Где буйно заметает вьюга
До крыши – утлое жилье,
И девушка на злого друга
Под снегом точит лезвее.

Где все пути и все распутья
Живой клюкой измождены,
И вихрь, свистящий в голых прутьях,
Поет преданья старины . . .

Так – я узнал в моей дремоте
Страны родимой нищету,

RUS

Du, ungewöhnlich selbst in Träumen,
Ich will nicht rühren an dein Kleid.
Du schlummerst, Rußland, im Geheimen,
In meinem Traum in Ewigkeit.

O Land, von Flüssen rings umgeben,
Von dunklem Walddickicht umkränzt,
Wo Kraniche in Sümpfen leben,
Und matt der Blick des Zaubrers glänzt,

Wo viel verschiedne Völkerstämme
Von einem Tal zum andern ziehn,
Und nachts im Reigen tanzend lärmen,
Wenn brennend rings die Dörfer glühn.

Wo auf dem Ackerland die Pflanzen
Von Zauberern verwunschen sind,
Am Weg mit Teufeln Hexen tanzen,
Wenn Schnee sich türmt im Wirbelwind.

Wo die Behausung bis zum Dache
Der Wirbelsturm mit Schnee besetzt,
Und wo das Mädchen, wild auf Rache,
Tief unterm Schnee die Klinge wetzt.

Wo alle Kreuzungen und Wege
Vom Pilgerstab gezeichnet sind,
Und pfeifend durch entblößte Stäbe
Der Sturm von alten Sagen singt . . .

So hab' ich dich im Schlaf gesehen,
Mein Heimatland, verarmt und schlecht,

И в лоскутах ее лохмотий
Души скрываю наготу.

Тропу печальную, ночную
Я до погоста протоптал,
И там, на кладбище ночуя,
Подолгу песни распевал.

И сам не понял, не измерил,
Кому я песни посвятил,
В какого бога страстно верил,
Какую девушку любил.

Живую душу укачала,
Русь, на своих просторах, ты,
И вот – она не запятнала
Первоначальной чистоты.

Дремлю – и за дремотой тайна,
И в тайне почивает Русь,
Она и в снах необычайна,
Ее одежды не коснусь.

24 сентября 1906

Und meine arme, nackte Seele
In deinem Lumpenkleid versteckt.

Ich hab' den düstern Pfad beschritten
Zum Dorffriedhof in mancher Nacht,
Und habe bei den Gräbern singend
So viele Stunden zugebracht.

Ich wußte selbst nicht, wem sie galten,
Die vielen Lieder, die ich schrieb,
An welchen Gott ich sollt' mich halten,
In welches Mädchen ich verliebt.

Du, Rußland, wiegtest meine Seele
In deinen freien Weiten ein.
Und makellos in ihrer Helle,
War sie noch immer strahlend rein.

In meinem Schlummer, im Geheimen,
Schläfst, Rußland, du in Ewigkeit.
Bist ungewöhnlich selbst in Träumen.
Ich will nicht rühren an dein Kleid.

24. September 1906

ТИШИНА ЦВЕТЕТ

Здесь тишина цветет и движет
Тяжелым кораблем души,
И ветер, пес послушный, лижет
Чуть при́гнутые камыши.

Здесь в заводь праздную желанье
Свои приводит корабли.
И сладко тихое незнанье
О дальних ропотах земли.

Здесь легким образам и думам
Я отдаю стихи мои,
И томным их встречают шумом
Реки согласные струи.

И, томно опустив ресницы,
Вы, девушки, в стихах прочли,
Как от страницы до страницы
В даль потянули журавли.

И каждый звук был вам намеком
И несказа́нным – каждый стих,
И вы любили на широком
Просторе легких рифм моих.

И каждая навек узнала
И не забудет никогда,
Как обнимала, целовала,
Как пела тихая вода.

Октябрь 1906

DIE STILLE BLÜHT

Hier blüht die Stille – sachte wiegt sich
Im Strom das schwere Seelenschiff,
Und, wie ein Hund gefügig, regt sich
Ein Lufthauch und beleckt das Schilf.

In dieses müßige Gewässer
Wird jedes Schiff vom Wunsch entführt,
In süßes, ruhiges Vergessen,
Wo man den Erdenlärm nicht spürt.

Gedanken, leichte Bilder schweben
Herbei in meiner Verse Reihn,
Und mit verhaltnem, zarten Beben
Stimmen im Fluß die Wellen ein.

Und schmachtend, mit gesenkten Wimpern
Last, Mädchen, ihr in meinem Buch,
Wie steil aus allen Seiten schimmernd
Sich fern verlor ein Kranichzug.

Und jeder Ton war euch ein Zeichen,
Und jeder Vers war nur ein Traum.
Ihr liebtet meinen Reim, den weichen,
So schwebend leicht im weiten Raum.

Und keine wird es je vergessen,
Wird träumen noch ihr Leben lang,
Wie es umarmte, wie es küßte,
Das Wasser, das im Stillen sang.

Oktober 1906

БАЛАГАН

Ну, старая кляча, пойдем
ломать своего Шекспира!
Кин

Над черной слякотью дороги
Не поднимается туман.
Везут, покряхтывая, дроги
Мой полинялый балаган.

Лицо дневное Арлекина
Еще бледней, чем лик Пьеро.
И в угол прячет Коломбина
Лохмотья, шитые пестро . . .

Тащитесь, траурные клячи!
Актеры, правьте ремесло,
Чтобы от истины ходячей
Всем стало больно и светло!

В тайник души проникла плесень,
Но надо плакать, петь, идти,
Чтоб в рай моих заморских песен
Открылись торные пути.

Ноябрь 1906

DIE SCHAUBUDE

Hü, alte Mähre, gehn wir wieder
unseren Shakespeare abziehn!
Kean

Über dem Matsch der Straße hängen
Die Nebelschwaden tief ins Land.
Mit schweren, ächzenden Gestängen
Fährt mein verschlissner Jahrmarktsstand.

Am Tag ist Arlecchinos Miene
Noch bleicher, als Pierrots Gesicht.
Im Winkel hütet Colombina
Zerlumpte Fetzen, bunt bestickt . . .

Hü, schleppt euch weiter, Trauermähren!
Schauspieler, auf, zur Tat, beginnt,
Auf daß wir vom Bekannten, Wahren,
Betroffen und erleuchtet sind!

Tief in der Seele nistet Schimmel,
Doch man muß weinen, singen, gehn,
Damit zum fernen Liederhimmel
Die breiten Pfade offenstehn.

November 1906

ГОРОД

ПЕТР

Евг. Иванову

Он спит, пока закат румян.
И сонно розовеют латы.
И с тихим свистом сквозь туман
Глядится Змей, копытом сжатый.

Сойдут глухие вечера,
Змей расклубится над домами.
В руке протянутой Петра
Запляшет факельное пламя.

Зажгутся нити фонарей,
Блеснут витрины и троттуары.
В мерцаньи тусклых площадей
Потянутся рядами пары.

Плащами всех укроет мгла,
Потонет взгляд в манящем взгляде.
Пускай невинность из угла
Протяжно молит о пощаде!

Там, на скале, веселый царь
Взмахнул зловонное кадило,
И ризой городская гарь
Фонарь манящий облачила!

Бегите все на зов! на лов!
На перекрестки улиц лунных!
Весь город полон голосов
Мужских – крикливых, женских – струнных!

DIE STADT

PETER

Für Jewgeni Iwanow

Er schläft im roten Abendlicht,
Während sein Harnisch rosa dunkelt,
Und durch den Dunst, vom Huf erdrückt,
Die Schlange leise zischt und funkelt.

Der trübe, dumpfe Abend schwand,
Über den Häusern kriecht die Schlange.
In Peters ausgestreckter Hand
Beginnt der Tanz der Fackelflamme.

Der Straßenlampen Fäden glühn,
Vitrinen schimmern, auch Trottoire.
Im Glanz der trüben Plätze ziehn
Die Reihen dichtgedrängter Paare.

Vom Kleid der Dunkelheit bedeckt,
Will jeder Blick im Blick vergehen.
Die Unschuld, im Verließ versteckt,
Soll langgedehnt um Gnade flehen!

Der Zar schwang auf dem Fels vergnügt
Ein Weihrauchfaß, das übel dampfte,
Und Brandgeruch hat sich gelegt
Als Meßkleid auf die Zauberlampe.

Eilt alle hin zum Ruf, zum Fang,
Wo mondne Straßen sich durchdringen!
Die Stadt ist voller Stimmenklang,
Die Männer schrein, die Frauen singen!

Он будет город свой беречь,
И, заалев перед денницей,
В руке простертой вспыхнет меч
Над затихающей столицей.

22 февраля 1904

Вечность бросила в город
  Оловянный закат.
Край небесный распорот,
  Переулки гудят.

Всё бессилье гаданья
  У меня на плечах.
В окнах фабрик – преданья
  О разгульных ночах.

Оловянные кровли –
  Всем безумным приют.
В этот город торговли
  Небеса не сойдут.

Этот воздух так гулок,
  Так заманчив обман.
Уводи, переулок,
  В дымно-сизый туман . . .

26 июня 1904

Город в красные пределы
Мертвый лик свой обратил,
Серо-каменное тело
Кровью солнца окатил.

Er hütet und beschützt sein Werk,
Und wenn das Frühlicht glutrot schimmert,
Erglänzt in seiner Hand das Schwert
Über der Stadt, die stumm verdämmert.

22. Februar 1904

Ewigkeit warf in die Städte
  Einen zinnenen Strom.
Platzende Himmelsnähte,
  In den Gassen Gedröhn.

Wahrsagungskräfte schwinden,
  Auf mir lastend mit Macht.
Schwarze Fabrikfenster künden
  Von entfesselter Nacht.

Zinnfarben glänzen die Dächer –
  Jedem Irrsinn ein Heim.
Diese Stätte des Schachers
  Läßt die Himmel allein.

Dröhnend die Luft. Lockend winken
  Flinke Täuschung und Gunst.
Fort will ich, Gasse, versinken
  In dem graublauen Dunst . . .

26. Juni 1904

Weit hinaus in rote Zonen
Starrt die Stadt mit totem Blick,
Und ihr Steinleib ist von Sonnen
Blutdurchtränkt im Abendlicht.

Стены фабрик, стекла окон,
Грязно-рыжее пальто,
Развевающийся локон –
Всё закатом залито.

Блещут искристые гривы
Золотых, как жар, коней,
Мчатся бешеные дива
Жадных облачных грудей,

Красный дворник плещет ведра
С пьяно-алою водой,
Пляшут огненные бедра
Проститутки площадной,

И на башне колокольной
В гулкий пляс и медный зык
Кажет колокол раздольный
Окровавленный язык.

28 июня 1904

В кабаках, в переулках, в извивах,
В электрическом сне наяву
Я искал бесконечно красивых
И бессмертно влюбленных в молву.

Были улицы пьяны от криков.
Были солнца в сверканьи витрин.
Красота этих женственных ликов!
Эти гордые взоры мужчин!

Это были цари – не скитальцы!
Я спросил старика у стены:

Mauern, Fensterglas, Fabriken,
Mäntel, schmutzig-rot und schwer,
Windzerzauste Haare, Locken –
Alles loht im Abendmeer.

Wilde Mähnen sprühen Funken,
Pferde glühn in goldner Pracht,
Wunder, Wolkenbrüste wanken,
Rasen gierig durch die Nacht.

Einer gießt in hohem Bogen
Scharlachrotes Wasser aus,
Dirnenhüften tanzen, wogen
Feurig grell vom Platz zum Haus.

Und vom Glockenturm herunter,
Wo im Tanz die Flamme loht,
Zeigt die Glocke lärmend munter
Ihre Zunge, blutig rot.

28. Juni 1904

Wo Kaschemmen und Gassen sich winden,
Von elektrischem Traume verzückt,
Ging ich, unendlich Schöne zu finden,
Die unsterblich verliebt ins Gerücht.

Und die Straßen warn trunken von Schreien.
Sonnen strahlten im Schaufensterglanz.
Diese Schönheit im Antlitz der Frauen!
Dieser Stolz in den Blicken des Manns!

Das warn Zaren, und keine Vaganten!
An der Wand fragte ich einen Greis:

»Ты украсил их тонкие пальцы
Жемчугами несметной цены?

Ты им дал разноцветные шубки?
Ты зажег их снопами лучей?
Ты раскрасил пунцовые губки,
Синеватые дуги бровей?«

Но старик ничего не ответил,
Отходя за толпою мечтать.
Я остался, таинственно светел,
Эту музыку блеска впивать . . .

А они проходили всё мимо,
Смутно каждая в сердце тая,
Чтоб навеки, ни с кем не сравнимой,
Отлететь в голубые края.

И мелькала за парою пара . . .
Ждал я светлого ангела к нам,
Чтобы здесь, в ликованьи троттуара,
Он одну приобщил небесам . . .

А вверху – на уступе опасном –
Тихо съежившись, карлик приник,
И казался нам знаменем красным
Распластавшийся в небе язык.

Декабрь 1904

Улица, улица . . .
Тени беззвучно спешащих
Тело продать,
И забвенье купить,

»Schmücktest du ihre Hand mit Brillanten
Und mit Perlen, unmeßbar an Preis?

Wer wohl hat ihnen Pelze gegeben?
Warst es du, der sie taghell bestrahlt?
Ihre leuchtenden, grellroten Lippen,
Ihre bläulichen Brauen bemalt?«

Doch der Greis sagte nichts und ging träumend
In die flutende Menge zurück.
Ich war seltsam verzückt im Geheimen,
Wollte trinken vom Glanz der Musik . . .

Und sie zogen vorüber gemächlich,
Jede heimlich von Hoffnung gebannt,
Ohne Wiederkehr, niemandem ähnlich,
Fortzufliegen ins hellblaue Land.

Und es glänzten die Paare in Massen . . .
Und der Lichtengel schien uns nicht fern,
Der sie bald schon im Jubel der Straßen
Hoch emporträgt zum Himmel, zum Stern . . .

Doch ganz oben, im schwindelnden Rahmen
Hat ein Zwerg sich verstohlen gereckt.
Und sie glich einer blutroten Fahne,
Diese Zunge, zum Himmel gestreckt.

Dezember 1904

Straße, Straße . . .
Schatten lautlos Eilender –
Den Körper feilzubieten,
Und Vergessen zu erwerben,

И опять погрузиться
В сонное озеро города – зимнего холода...

Спите. Забудьте слова лучезарных.

О, если б не было в окнах
Светов мерцающих!
Штор и пунцовых цветочков!
Лиц, наклоненных над скудной работой!

Всё тихо.
Луна поднялась.
И облачных перьев ряды
Разбежались далёко.

Январь 1905

НЕЗНАКОМКА

По вечерам над ресторанами
Горячий воздух дик и глух,
И правит окриками пьяными
Весенний и тлетворный дух.

Вдали, над пылью переулочной,
Над скукой загородных дач,
Чуть золотится крендель булочной,
И раздается детский плач.

И каждый вечер, за шлагбаумами,
Заламывая котелки,
Среди канав гуляют с дамами
Испытанные остряки.

Und erneut zu versinken
Im schläfrigen See der Stadt – der Winterkälte . . .

Schlummert. Vergeßt all die Worte aus Mondlicht.

O wären doch nicht in den Fenstern
Glitzernde Lichter!
Storen und leuchtrote Blümchen!
Köpfe, gebeugt über kärglicher Arbeit!

Alles still.
Der Mond ging auf.
Und wolkige Federreihen
Zerstreuten sich ferne.

Januar 1905

DIE UNBEKANNTE

Über den Restaurants zur Abendzeit
Liegt wild und dumpf die heiße Luft,
Und im betrunknen Schrein und Lärmen treibt
Ein Frühlings- und Verwesungsduft.

Und ferne flimmern überm Straßenstaub
Der Vorstadtdatschen öde Reihn,
Ein Bäckerkringel glänzt durchs Gartenlaub,
Und manchmal hört man Kinder schrein.

Und hinterm Schlagbaum, stets im Abendschein,
Mit schiefem Hut und keckem Gruß
Laden gewandte Gecken Damen ein,
Zu promeniern am trägen Fluß.

Над озером скрипят уключины,
И раздается женский визг,
А в небе, ко всему приученный,
Бессмысленно кривится диск.

И каждый вечер друг единственный
В моем стакане отражен
И влагой терпкой и таинственной,
Как я, смирён и оглушен.

А рядом у соседних столиков
Лакеи сонные торчат,
И пьяницы с глазами кроликов
»In vino veritas!« кричат.

И каждый вечер, в час назначенный
(Иль это только снится мне?),
Девичий стан, шелками схваченный,
В туманном движется окне.

И медленно, пройдя меж пьяными,
Всегда без спутников, одна,
Дыша духами и туманами,
Она садится у окна.

И веют древними поверьями
Ее упругие шелка,
И шляпа с траурными перьями,
И в кольцах узкая рука.

И странной близостью закованный,
Смотрю за темную вуаль,
И вижу берег очарованный
И очарованную даль.

Und manchmal kreischen Frauenstimmen laut,
Die Ruderdolle quietscht im Boot,
Und ungerührt vom hohen Himmel schaut
Sinnlos gekrümmt der flache Mond.

Und abends hockt mein Freund, der einzige,
Im Glas gespiegelt auf der Bank,
Betäubt, wie ich, von den Geheimnissen,
Die in sich birgt der herbe Trank.

Verschlafne Kellner stehn am Nebentisch,
Und Säufer, matt vom kühlen Naß,
Mit Augen wie Kaninchen regen sich
Und gröl'n: »In vino veritas!«

Und jeden Abend, stets zur gleichen Zeit
(Ist es am Ende nur ein Traum?)
Erscheint ein Mädchenbild im Seidenkleid
Von mir im neblig-trüben Raum.

Sie schreitet langsam zwischen Zechern durch,
Stets unbegleitet, leicht und schlank,
Umhüllt von Wohlgeruch und Nebelduft,
Und setzt sich an die Fensterbank.

Ein alter Märchentraum aus ferner Zeit
Weht durch das seidene Gewand,
Am Hute trauernd sich die Feder neigt,
In Ringen prangt die schmale Hand.

Und von der fremden Nähe festgebannt
Schau ich zum dunklen Schleier hin,
Und sehe einen fernen Zauberstrand,
Und ferne Zauberweiten glühn.

Глухие тайны мне поручены,
Мне чье-то солнце вручено,
И все души моей излучины
Пронзило терпкое вино.

И перья страуса склоненные
В моем качаются мозгу,
И очи синие бездонные
Цветут на дальнем берегу.

В моей душе лежит сокровище,
И ключ поручен только мне!
Ты право, пьяное чудовище!
Я знаю: истина в вине.

24 апреля 1906. Оаерки

Seltsame Dinge sind mir anvertraut,
Ich hüte fremder Sonnen Pracht,
Und in der Seele hat sich aufgestaut
Des Weins durchdringend-herbe Macht.

Und Straußenfedern wippen riesengroß
In meinem Hirne hin und her,
Und blaue Augen, tief und bodenlos
Seh' ich erblühn am fernen Meer.

In meiner Seele liegt ein Schatz versteckt,
Den Schlüssel gab man mir allein.
Und du, betrunknes Scheusal, hattest recht –
Ich weiß: Die Wahrheit ist im Wein.

24. April 1906. Oserki

СНЕЖНАЯ МАСКА

Посвящается Н. Н. В.

СНЕЖНОЕ ВИНО

И вновь, сверкнув из чаши винной,
Ты поселила в сердце страх
Своей улыбкою невинной
В тяжелозмейных волосах.

Я опрокинут в темных струях
И вновь вдыхаю, не любя,
Забытый сон о поцелуях,
О снежных вьюгах вкруг тебя.

И ты смеешься дивным смехом,
Змеишься в чаше золотой,
И над твоим собольим мехом
Гуляет ветер голубой.

И как, глядясь в живые струи,
Не увидать себя в венце?
Твои не вспомнить поцелуи
На запрокинутом лице?

29 декабря 1906

СНЕЖНАЯ ВЯЗЬ

Снежная мгла взвилáсь.
Легли сугробы кругом.

Да. Я с тобой незнаком.
Ты – стихов моих пленная вязь.

DIE SCHNEEMASKE

N. N. W. gewidmet

SCHNEEWEIN

Und wieder, aus dem Weinkelch funkelnd,
Hast du mein Herz mit Angst erfüllt.
Dein Unschuldslächeln blitzt im Dunkeln,
Vom schweren Schlangenhaar umhüllt.

In bin gestürzt in dunkle Flüsse,
Und wieder, lieblos, atme ich
Vergeßnen Traum, vergeßne Küsse,
Den Schneesturm, der von dir nie wich.

Und du lachst auf in herrlich Tönen,
Die du im Kelch als Schlange haust,
Und überm Zobelpelz – ein Dröhnen,
Wo wild der blaue Sturmwind braust.

So spiegelnd im bewegten Flusse
Seh' ich mich nicht im Strahlenlicht?
Könnt' ich vergessen deine Küsse
Im stolz erhobenen Gesicht?

29. Dezember 1906

SCHNEESCHRIFT

Wirbelnde schneeige Gischt.
Ringsum der Schneewehen Trift.

Ja. Wir kennen uns nicht.
Du bist meiner Verse gefangene Schrift.

И, тайно сплетая вязь,
Нити снежные тку и плету.

Ты не первая мне предалась
На темном мосту.

Здесь – электрический свет.
Там – пустота морей,
И скована льдами злая вода.

Я не открою тебе дверей.
        Нет.
        Никогда.

И снежные брызги влача за собой,
Мы летим в миллионы бездн . . .
Ты смотришь всё той же пленной душой
В купол всё тот же – звездный . . .

И смотришь в печали,
И снег синей . . .

Темные дали,
И блистательный бег саней . . .

И когда со мной встречаются
Неизбежные глаза, –

Глуби снежные вскрываются,
Приближаются уста . . .

Вышина. Глубина. Снеговая тишь.
И ты молчишь.
И в душе твоей безнадежной
Та же легкая, пленная грусть.

Still flechte ich mit ihr
Schneefäden, feines Geweb.

Nicht als erste ergabst du dich mir
Auf finsterem Steg.

Hier ist elektrisches Licht.
Dort – die Leere, das Meer,
Die eisige Fessel des bösen Kanals.

Ich öffne dir nicht die Tür.
        Nicht.
        Niemals.

Und schneeige Spritzer stäuben auf,
Wir fliegen Millionen Abgründen zu . . .
Mit der gleichen gefangenen Seele schaust
In die gleiche gestirnte Kuppel du . . .

Und du schaust in Trauer.
Dunkelnde Weiten . . .

Der Schnee wird blauer.
Des Schlittens glitzerndes Gleiten . . .

Und wenn unsre Augen treffen sich,
Unvermeidlich sind sie da –

Öffnen schneeige Tiefen sich,
Die Lippen kommen sich nah . . .

Höhe. Tiefe. Schneestille hier.
Und kein Ton von dir.
In deiner Seele, hoffnungslos weh,
Gefangene Trauer – nicht so schwer.

О, стихи зимы среброснежной!
Я читаю вас наизусть.

3 января 1907

ВТОРОЕ КРЕЩЕНЬЕ

Открыли дверь мою метели,
Застыла горница моя,
И в новой снеговой купели
Крещен вторым крещеньем я.

И, в новый мир вступая, знаю,
Что люди есть, и есть дела,
Что путь открыт наверно к раю
Всем, кто идет путями зла.

Я так устал от ласк подруги
На застывающей земле.
И драгоценный камень вьюги
Сверкает льдиной на челе.

И гордость нового крещенья
Мне сердце обратила в лед.
Ты мне сулишь еще мгновенья?
Пророчишь, что весна придет?

Но посмотри, как сердце радо!
Заграждена снегами твердь.
Весны не будет, и не надо:
Крещеньем третьим будет – Смерть.

3 января 1907

Oh, Winterverse aus Silberschnee!
Ich sage euch auswendig her.

3. Januar 1907

DIE ZWEITE TAUFE

Die Stube starrt vor Kälteschwaden:
Der Schneesturm riß die Türe auf.
Im Taufbecken aus Neuschnee badend,
Werd' ich zum zweiten Mal getauft.

Ich trete in die Welt neu, wissend
Vom Leben hier, von Mensch und Ding,
Daß auf dem Weg zum Paradies ist,
Wer auf dem Weg des Bösen ging.

Ich bin erschöpft von Zärtlichkeiten,
Die Welt erkaltet immer mehr.
Der Edelstein des Sturmes, gleißend,
Prangt eisig auf der Stirne mir.

Und neu getauft, in stolzem Glücke
Ist mir das Herz zu Eis erstarrt.
Du prophezeist mir noch Geschicke?
Weissagst, daß bald der Frühling naht?

Siehst du mein Herz nicht freudig beben?
Der Himmel ist vom Sturm bedroht.
Vergiß den Frühling und das Leben:
Die dritte Taufe ist – der Tod.

3. Januar 1907

НАСТИГНУТЫЙ МЕТЕЛЬЮ

Вьюга пела.
И кололи снежные иглы.
И душа леденела.
Ты меня настигла.

Ты запрокинула голову в высь.
Ты сказала: »Глядись, глядись,
Пока не забудешь
Того, что любишь.«

И указала на дальние города линии,
На поля снеговые и синие,
На бесцельный холод.

И снежных вихрей подъятый молот
Бросил нас в бездну, где искры неслись,
Где снежинки пугливо вились . . .

Какие-то искры,
Каких-то снежинок неверный полет . . .
Как быстро – так быстро
Ты надо мной
Опрокинула свод
Голубой . . .

Метель взвилáсь,
Звезда сорвалась,
За ней другая . . .

И звезда за звездой
        Понеслась,
        Открывая

VOM SCHNEESTURM ERFASST

Der Sturmwind gleißte.
Die Schneenadeln stachen kalt.
Und die Seele vereiste.
Ich war in deiner Gewalt.

Du warfst den Kopf zurück und himmelan.
Du riefst: »Schau dich an, schau dich an,
Bevor du vergißt,
Was dir teuer ist.«

Und du zeigtest die fernen Linien der Städte,
Auf Schneefelder, blau in der Kälte,
Die ziellos dämmerte.

Und der schneeige Sturmwirbel heulte und hämmerte,
Warf uns in funkenstiebende Schluchten,
Wo Schneeflocken schreckhaft das Weite suchten . . .

Wieviel Funken hell,
Schneeflocken, unbestimmtes Gewimmel . . .
Wie schnell, so schnell
Hast du über mich
Gestürzt den Himmel
Aus blauem Licht . . .

Der Schnee stieb hoch,
Ein Stern riß sich los,
Ein zweiter darauf . . .

Und Sterne zuhauf
        Jagten sich,
        Taten auf

Вихрям звездным
Новые бездны.

В небе вспыхнули темные очи
Так ясно!
И я позабыл приметы
Страны прекрасной –
В блеске твоем, комета!
В блеске твоем, среброснежная ночь!

И неслись опустошающие
Непомерные года,
Словно сердце застывающее
Закатилось навсегда.

Но бредет за дальним полюсом
Солнце сердца моего,
Льдяным скованное поясом
Безначалья твоего.

Так взойди ж в морозном инее,
Непомерный свет – заря!
Подними над далью синей
Жезл померкшего царя!

3 января 1907

НЕ НАДО

Не надо кораблей из дали,
Над мысом почивает мрак.
На снежносинем покрывале
Читаю твой условный знак.

Sternenwirbeln
Neue Tiefen.

Am Himmel warn dunkle Augen entflammt
So klar!
Und ich vergaß das schöne Land,
Was sein Zeichen war –
In deinem Glanze, Komet!
In deinem Glanze, Nacht aus Silberschnee!

Jagten die Jahre maßlos dahin,
Als sei das Herz zu Eis gefroren,
Das für immer unterging.

Doch meines Herzens Sonne wandelt
Hinter dem Pol im fernen Land,
Gezwängt in eisig harte Bande,
Von deiner Anarchie gebannt.

So geh doch auf im frostgen Reife,
Maßloses Licht, o Morgenpracht!
Erhebe über der blauen Weite
Des verloschenen Zaren Szepter und Macht!

3. Januar 1907

UNNÖTIG

Unnötig sind die fernen Schiffe,
Über dem Kap ruht Dunkelheit.
Dein Zeichen, altvertraut, entziffre
Ich auf dem schneeig blauen Kleid.

Твой голос слышен сквозь метели,
И звезды сыплют снежный прах.
Ладьи ночные пролетели,
Ныряя в ледяных струях.

И нет моей завидней доли –
В снегах забвенья догореть,
И на прибрежном снежном поле
Под звонкой вьюгой умереть.

Не разгадать живого мрака,
Которым стан твой окружен.
И не понять земного знака,
Чтоб не нарушить снежный сон.

4 января 1907

Der Sturm läßt deine Stimme hören,
Schnee-Asche rieselt aus dem Stern.
Nachtboote, die vorüberfahren
Und sanft im Eisstrom untergehn.

Kein Los ist schöner, keines besser –
Verbrennen in Vergessens-Schneen,
Und auf dem Schneefeld nah dem Wasser
Im Klang des Wirbelsturms vergehn.

Und nicht das Lebensdunkel klären,
Womit dein Körper sich umgibt,
Und nie das Erdzeichen verstehen –
Damit der Schneetraum weiterlebt.

4. Januar 1907

ФАЙНА

Гармоника, гармоника!
Эй, пой, визжи и жги!
Эй, желтенькие лютики,
Весенние цветки!

Там с посвистом да с присвистом
Гуляют до зари,
Кусточки тихим шелестом
Кивают мне: смотри.

Смотрю я – руки вскинула,
В широкий пляс пошла,
Цветами всех осыпала
И в песне изошла . . .

Неверная, лукавая,
Коварная – пляши!
И будь навек отравою
Растраченной души!

С ума сойду, сойду с ума,
Безумствуя, люблю,
Что вся ты – ночь, и вся ты – тьма,
И вся ты – во хмелю . . .

Что душу отняла мою,
Отравой извела,
Что о тебе, тебе пою,
И песням нет числа! . . .

9 ноября 1907

FAINA

Harmonika, Harmonika!
Mußt singen, brennen, schrein!
He, gelbe Blümchen, Hahnenfuß,
He, Frühlingsblümchen fein!

Dort pfeifen sie, dort bummeln sie
Bis in den Morgentau,
Die Sträucher nicken, wiegen sich,
Und wispern leise: Schau.

Ich schaue, wie sie aufgelöst,
Den weiten Tanz begann,
Mit Blumen alle übersät,
Im Lied verging, zerrann . . .

Du Treulose, du Tückische,
Du Hinterlistige – tanz!
Die Seele, die vergeudete,
Verdirbt mit Gift und Glanz!

Ich bin verrückt, verrückt bin ich,
Vom Liebeswahn gepackt,
Daß du ganz – Nacht und Finsternis,
Daß du ganz – Rausch und Nacht . . .

Daß du die Seele mir geraubt,
Zerstört mit Gift und Qual,
Von dir, von dir nur singe ich
Die Lieder ohne Zahl! . . .

9. November 1907

Я помню длительные муки:
Ночь догорала за окном;
Ее заломленные руки
Чуть брезжили в луче дневном.

Вся жизнь, ненужно изжитая,
Пытала, унижала, жгла;
А там, как призрак возрастая,
День обозначил купола;

И под окошком участились
Прохожих быстрые шаги;
И в серых лужах расходились
Под каплями дождя круги;

И утро длилось, длилось, длилось . . .
И праздный тяготил вопрос;
И ничего не разрешилось
Весенним ливнем бурных слез.

4 марта 1908

Erinnerung an lange Qualen!
Nachtgluten hinterm Fensterglas;
Ihre geknickten Hände waren
Im Strahl des Tags verschwommen blaß.

Das ganze Leben quälte, brannte,
Erniedrigte, nutzlos verbracht;
Und dort, gespensterhaft, erkannte
Ich Kuppeln, als der Tag erwacht;

Und unterm Fenster die Passanten,
Der Schritte eiliges Geräusch;
Und in den grauen Pfützen schwanden
Die Regenkreise tropfend leis;

Und endlos war der Morgen, riesig . . .
Die leere Frage drückend stumm;
Und nichts entstand und nichts entschied sich
Im Tränenfluß, im Frühlingssturm.

4. März 1908

Aus dem »Dritten Buch«

Из »Третьей книги«

СТРАШНЫЙ МИР

К МУЗЕ

Есть в напевах твоих сокровенных
Роковая о гибели весть.
Есть проклятье заветов священных,
Поругание счастия есть.

И такая влекущая сила,
Что готов я твердить за молвой,
Будто ангелов ты низводила,
Соблазняя своей красотой . . .

И когда ты смеешься над верой,
Над тобой загорается вдруг
Тот неяркий, пурпурово-серый
И когда-то мной виденный круг.

Зла, добра ли? – Ты вся – не отсюда.
Мудрено про тебя говорят:
Для иных ты – и Муза, и чудо.
Для меня ты – мученье и ад.

Я не знаю, зачем на рассвете,
В час, когда уже не было сил,
Не погиб я, но лик твой заметил
И твоих утешений просил?

Я хотел, чтоб мы были врагами,
Так за что ж подарила мне ты
Луг с цветами и твердь со звездами –
Всё проклятье своей красоты?

SCHRECKLICHE WELT

AN DIE MUSE

Deiner Lieder verborgnes Geheimnis
Ist die Kunde vom Todesgeschick,
Die Verfluchung von allem, was hehr ist,
Die Verwünschung von Leben und Glück.

Und so anziehend sind deine Waffen,
Daß ich glaube dem bösen Gerücht,
Daß selbst Engel sich dir unterwarfen,
Von der Schönheit verführt und berückt . . .

Wenn dein spöttisches Lachen ich höre,
Das den Glauben verhöhnt, da entflammt
Über dir purpurn-grau in der Höhe
Jener Kreis, mir so seltsam bekannt.

Böse? Gut? – Nicht von hier bist du, Große.
Du gibst Rätsel uns auf jedesmal:
Für die einen bist Wunder du, Muse,
Und für mich bist du Hölle und Qual.

Ich versteh' nicht, weshalb ich im Lichte
In der Frühe, entkräftet, nicht starb,
Sondern wachend dein Antlitz erblickte,
Und um Tröstung und Gunst bei dir warb.

Denn ich wollte doch, daß wir uns hassen.
Sag, wozu nur, wozu gabst du mir
Wiesen, Blumen, und Sterne in Massen –
All den Fluch deiner Schönheit und Zier?

И коварнее северной ночи,
И хмельней золотого аи,
И любови цыганской короче
Были страшные ласки твои . . .

И была роковая отрада
В попиранъи заветных святынь,
И безумная сердцу услада –
Эта горькая страсть, как полынь!

29 декабря 1912

Из хрустального тумана,
Из невиданного сна
Чей-то образ, чей-то странный . . .
(В кабинете ресторана
За бутылкою вина).

Визг цыганского напева
Налетел из дальних зал,
Дальних скрипок вопль туманный . . .
Входит ветер, входит дева
В глубь исчерченных зеркал.

Взор во взор – и жгуче-синий
Обозначился простор.
Магдалина! Магдалина!
Веет ветер из пустыни,
Раздувающий костер.

Узкий твой бокал и вьюга
За глухим стеклом окна –
Жизни только половина!

Und verschlagner als nordische Nächte,
Und berauschend wie goldner Wein,
Kürzer als der Zigeunerin Schmachten
Warn die schrecklichen Kosungen dein . . .

Ich ergötzte mich, böswillig scherzend,
Wild zertrat ich das heilige Mal.
Und der rasende Wahnsinn im Herzen
War wie Wermut – so bitter, so schal.

29. Dezember 1912

Aus kristallnem Nebel leuchtet,
Aus noch nie gesehnem Traum
Seltsam dunstig, ein Gebilde . . .
(Hinterm Glas, vom Wein befeuchtet
Im verrauchten Kneipenraum.)

Kreischende Zigeunerweise
Flog herbei aus fernem Tanz,
Geigen stöhnen neblig milde . . .
Winde, Mädchen gehen leise,
Spiegeln sich im trüben Glanz.

Blick in Blick – und blau-versengend
Hat der Raum sich aufgetan.
Magdalena! Magdalena!
Aus der heißen Wüste wehend
Facht der Wind das Feuer an.

Schmal dein Kelch, der Schneesturm wütet
Hinterm blinden Fensterglas –
Halb vorbei ist erst das Leben!

Но за вьюгой – солнцем юга
Опаленная страна!

Разрешенье всех мучений,
Всех хулений и похвал,
Всех змеящихся улыбок,
Всех просительных движений, –
Жизнь разбей, как мой бокал!

Чтоб на ложе долгой ночи
Не хватило страстных сил!
Чтоб в пустынном вопле скрипок
Перепуганные очи
Смертный сумрак погасил.

6 октября 1909

НА ОСТРОВАХ

Вновь оснежённые колонны,
Елагин мост и два огня.
И голос женщины влюбленный.
И хруст песка и храп коня.

Две тени, слитых в поцелуе,
Летят у полости саней.
Но не таясь и не ревнуя,
Я с этой новой – с пленной – с ней.

Да, есть печальная услада
В том, что любовь пройдет, как снег.
О, разве, разве клясться надо
В старинной верности навек?

Hinterm Sturm, im Süden, brütet
Sonne und versengt das Gras.

Die Erlösung allen Bangens,
Allen Tadels, Lob und Haß,
Allen Lächelns Schlangenreigen,
Allen bittenden Verlangens –
Brich das Leben, wie mein Glas!

Daß die Glut in langen Nächten
Nicht genug der Kräfte gibt!
Daß im schalen Klang der Geigen
Todesdunkel die erschreckten
Augen sachte löscht und trübt.

6. Oktober 1909

AUF DEN INSELN

Und wieder Säulen, Schneegeflimmer,
Zwei Lichter überm Brückenrand,
Die Frau spricht mit verliebter Stimme,
Es schnaubt das Pferd, es knirscht der Sand.

Zwei Schatten, die im Kusse flüchtig
Verfließen mit dem Schlittengang,
Nicht heimlich, und nicht eifersüchtig –
Ich bin mit ihr, dem neuen Fang.

Es ist ein trauriges Vergnügen,
Daß wie der Schnee die Liebe schmilzt.
O sollst du etwa heucheln, lügen,
Daß ewig du ihr treu sein willst?

Нет, я не первую ласкаю
И в строгой четкости моей
Уже в покорность не играю
И царств не требую у ней.

Нет, с постоянством геометра
Я числю каждый раз без слов.
Мосты, часовню, резкость ветра,
Безлюдность низких островов.

Я чту обряд: легко заправить
Медвежью полость на лету,
И, тонкий стан обняв, лукавить,
И мчаться в снег и темноту,

И помнить узкие ботинки,
Влюбляясь в хладные меха . . .
Ведь грудь моя на поединке
Не встретит шпаги жениха . . .

Ведь со свечой в тревоге давней
Ее не ждет у двери мать . . .
Ведь бедный муж за плотной ставней
Ее не станет ревновать . . .

Чем ночь прошедшая сияла,
Чем настоящая зовет,
Всё только – продолженье бала,
Из света в сумрак переход . . .

22 ноября 1909

Nein, sie ist eine nur von Vielen,
Mir, streng und deutlich, ist es gleich.
Ich will nicht mehr Ergebung spielen,
Und will von ihr kein Königreich.

Beständig wie ein Geometer,
Berechne ich auch ohne Wort,
Die Brücken, Kirchen, Windgezeter,
Die Menschenleere hier am Ort.

Ich liebe dies: im Flug zu streicheln
Die Bärendecke leicht und sacht,
Und, die Gestalt im Arme, schmeichelnd
Hinauszufahrn in Schnee und Nacht,

Von engen Stiefelchen zu träumen,
Verliebt ins weiche, kalte Fell . . .
Kein Bräutigam wird ja erscheinen,
Mich zu durchbohren im Duell . . .

Die Mutter wird nicht ängstlich warten
Am Hauseingang im Kerzenschein . . .
Kein Mann wird sich am Fensterladen
Verzehrn vor eifersüchtger Pein . . .

Womit die letzten Nächte glänzten,
Das fehlt auch diesen Abend nicht.
Der Ball geht weiter – und wir tanzen
Vom Hellen in das Dämmerlicht . . .

22. November 1909

В РЕСТОРАНЕ

Никогда не забуду (он был, или не был,
Этот вечер): пожаром зари
Сожжено и раздвинуто бледное небо,
И на желтой заре – фонари.

Я сидел у окна в переполненном зале.
Где-то пели смычки о любви.
Я послал тебе черную розу в бокале
Золотого, как небо, аи.

Ты взглянула. Я встретил смущенно и дерзко
Взор надменный и отдал поклон.
Обратясь к кавалеру, намеренно резко
Ты сказала: »И этот влюблен.«

И сейчас же в ответ что-то грянули струны,
Исступленно запели смычки . . .
Но была ты со мной всем презрением юным,
Чуть заметным дрожаньем руки . . .

Ты рванулась движеньем испуганной птицы,
Ты прошла, словно сон мой легка . . .
И вздохнули духи, задремали ресницы,
Зашептались тревожно шелка.

Но из глуби зеркал ты мне взоры бросала
И, бросая, кричала: »Лови! . . .«
А монисто бренчало, цыганка плясала
И визжала заре о любви.

19 апреля 1910

IM RESTAURANT

Ich vergesse es nie (gab es ihn, diesen Abend,
Diesen Brand, oder gab es ihn nicht):
Am versengten, verblichenen Himmelszelt klafften
Die Laternen vor gelblichem Licht.

Ich saß einsam am Fenster im Menschengewimmel.
Geigen sangen von Liebe und Qual.
Eine Rose, pechschwarz, sandt' ich dir – wie der Himmel
Glänzte golden der Sekt im Pokal.

Du sahst auf. Ich begegnete tollkühn, erschrocken
Deinem Blick – und verneigte mich tief.
Doch du wandtest dich ab, sagtest absichtlich trocken
Zum Begleiter: »Auch der ist verliebt.«

Und zur Antwort begannen die Saiten zu dröhnen,
Bögen winselten wild überspannt . . .
Aber du warst bei mir, mit Verachtung und Höhnen
Im kaum merkbaren Beben der Hand . . .

Wie ein ängstlicher Vogel begannst du zu zittern,
Schwebtest fort, meinem Traumbilde gleich . . .
Und es seufzte dein Parfum, es bebten die Wimpern,
Und das Seidenkleid flüsterte weich.

Aber tief aus der Spiegelwand lockte und glänzte
Dein Blick – und du riefst mir zu: »Fang!. . .«
Während glitzerbehängt die Zigeunerin tanzte
Und kreischend vom Liebesglück sang.

19. April 1910

АВИАТОР

Летун отпущен на свободу.
Качнув две лопасти свои,
Как чудище морское в воду,
Скользнул в воздушные струи.

Его винты поют, как струны . . .
Смотри: недрогнувший пилот
К слепому солнцу над трибуной
Стремит свой винтовой полет . . .

Уж в вышине недостижимой
Сияет двигателя медь . . .
Там, еле слышный и незримый,
Пропеллер продолжает петь . . .

Потом – напрасно ищет око:
На небе не найдешь следа:
В бинокле, вскинутом высоко,
Лишь воздух – ясный, как вода . . .

А здесь, в колеблющемся зное,
В курящейся над лугом мгле,
Ангары, люди, всё земное –
Как бы придавлено к земле . . .

Но снова в золотом тумане
Как будто – неземной аккорд . . .
Он близок, миг рукоплесканий
И жалкий мировой рекорд!

Всё ниже спуск винтообразный,
Всё круче лопастей извив,

DER AVIATOR

Der Feuergeist ist freigelassen,
Die Flügel zittern und vibriern,
Und wie ein Ungetüm im Wasser
Pfeilt er im Strahl der Luft dahin.

Die Schrauben singen laut, wie Saiten . . .
Schau: Unbeirrt lenkt der Pilot
Hoch über der Tribüne gleitend
Den Flug zur blinden Sonnenglut . . .

In unerreichbar ferne Höhen,
Wo der Motor jetzt kupfern blinkt . . .
Man kann ihn kaum noch sehn und hören –
Und der Propeller dröhnt und singt . . .

Jäh sucht das Auge den Verschwundnen:
Am Himmel siehst du keine Spur.
Im Fernglas, hochgestreckt von unten,
Nur Luft – wie Wasser hell und pur . . .

Und hier, wo schwüle Hitze glimmert,
Im Dunst, der auf der Wiese dampft,
Hangare, Menschen, alles flimmert –
Gleichsam am Boden festgestampft . . .

Doch wieder dröhnt im goldnen Nebel
Wie ein unirdischer Akkord . . .
Und nah sind Beifall, Lobesreden,
Und jämmerlicher Weltrekord!

Die Schrauben sinken tiefer, näher,
Und immer steiler kreisen sie,

И вдруг . . . нелепый, безобразный
В однообразьи перерыв . . .

И зверь с умолкшими винтами
Повис пугающим углом . . .
Ищи отцветшими глазами
Опоры в воздухе . . . пустом!

Уж поздно: на траве равнины
Крыла измятая дуга . . .
В сплетеньи проволок машины
Рука – мертвее рычага . . .

Зачем ты в небе был, отважный,
В свой первый и последний раз?
Чтоб львице светской и продажной
Поднять к тебе фиалки глаз?

Или восторг самозабвенья
Губительный изведал ты,
Безумно возалкал паденья
И сам остановил винты?

Иль отравил твой мозг несчастный
Грядущих войн ужасный вид:
Ночной летун, во мгле ненастой
Земле несущий динамит?

1910 – январь 1912

Und plötzlich ... häßlich, unerklärbar,
Ein Bruch in der Monotonie ...

Das Tier ist mit verstummten Schrauben
Erstarrt – keine Bewegung mehr ...
Entfärbte, schreckensbleiche Augen
Suchen nach Halt ... die Luft ist leer!

Zu spät: verbogen und zertrümmert
Liegt die Maschine auf dem Land ...
Aus dem Gewirr der Drähte schimmert
Ein Hebel – eine tote Hand ...

Weshalb nur dieser Flug zum Himmel,
Von dem du nicht mehr kehrst zurück?
War's um der feilen Löwin willen
Mit ihrem blauen Veilchenblick?

Warst du im Rausch des Selbstvergessens
Von jäher Lust am Fall berührt,
Und hast von Sinnen und vermessen
Den Absturz selbst herbeigeführt?

Sah vielleicht dein Gehirn verbittert
Der Zukunftskriege grause Schlacht:
Den Feuergeist, die Stahlgewitter,
Die Bomben in der finstern Nacht?

1910 – Januar 1912

ПЛЯСКИ СМЕРТИ

1

Как тяжко мертвецу среди людей
Живым и страстным притворяться!
Но надо, надо в общество втираться,
Скрывая для карьеры лязг костей . . .

Живые спят. Мертвец встает из гроба,
И в банк идет, и в суд идет, в сенат . . .
Чем ночь белее, тем чернее злоба,
И перья торжествующе скрипят.

Мертвец весь день труди́тся над докладом.
Присутствие кончается. И вот –
Нашептывает он, виляя задом,
Сенатору скабрезный анекдот . . .

Уж вечер. Мелкий дождь зашлепал грязью
Прохожих, и дома, и прочий вздор . . .
А мертвеца – к другому безобразью
Скрежещущий несет таксомотор.

В зал многолюдный и многоколонный
Спешит мертвец. На нем – изящный фрак.
Его дарят улыбкой благосклонной
Хозяйка – дура и супруг – дурак.

Он изнемог от дня чиновной скуки,
Но лязг костей музыкой заглушон . . .
Он крепко жмет приятельские руки –
Живым, живым казаться должен он!

TOTENTÄNZE

1

Für einen Toten in Gesellschaft – welche Pein
Sich lebend und beseelt zu geben!
Jedoch, für die Karriere muß man leben,
Das Knochenklappern darf nicht hörbar sein . . .

Nacht. Alles schläft. Dem Sarg entsteigt ganz leise
Der Tote, geht zur Bank, und zum Gericht . . .
Die Nacht ist weiß, und schwärzer ist das Böse,
Die Federn kratzen stolz und feierlich.

Tagsüber schreibt der Tote mühsam Reden,
Und nach getaner Arbeit flüstert er,
Vor dem Senator dienstbeflissen wedelnd,
Eine skabröse Anekdote her . . .

Schon ist der Abend da. Häuser, Passanten
Sind schmutzbespritzt, da feiner Regen fiel.
Den Toten fährt zu neuen Unsinnstaten
Ein heftig knarrendes Taxomobil.

Des Toten Frack ist elegant, mit Säulen
Und Menschen ist erfüllt vor ihm der Saal,
Und huldreich lächelnd ihm entgegeneilen
Die dumme Hausherrin und ihr Gemahl.

Erschöpft vom öden Arbeitstag, am Ende,
Das Knochenklappern übertönt jedoch
Musik . . . drückt kräftig er die Freundeshände –
Lebendig, lebend muß er scheinen doch!

Лишь у колонны встретится очами
С подругою – она, как он, мертва.
За их условно-светскими речами
Ты слышишь настоящие слова:

»Усталый друг, мне странно в этом зале«. –
»Усталый друг, могила холодна«. –
»Уж полночь.« – »Да, но вы не приглашали
На вальс NN. Она в вас влюблена . . .«

А там – NN уж ищет взором страстным
Его, его – с волнением в крови . . .
В ее лице, девически прекрасном,
Бессмысленный восторг живой любви . . .

Он шепчет ей незначащие речи,
Пленительные для живых слова,
И смотрит он, как розовеют плечи,
Как на плечо склонилась голова . . .

И острый яд привычно-светской злости
С нездешней злостью расточает он . . .
»Как он умен! Как он в меня влюблен!«

В ее ушах – нездешний, странный звон:
  То кости лязгают о кости.

19 февраля 1912

2

Ночь, улица, фонарь, аптека,
Бессмысленный и тусклый свет.
Живи еще хоть четверть века –
Всё будет так. Исхода нет.

Und bei der Säule nur, am stillen Orte,
Sieht er die Freundin – sie ist tot, wie er.
Und manchmal dringen wahrhaft diese Worte
Durch das Geplänkel, so mondän und leer:

»Mein müder Freund, wie seltsam ist das Ganze.« –
»Mein müder Freund, das Grab ist kalt und trüb.« –
»Schon Mitternacht.« – »Sie haben nicht zum Tanze
N. N. geladen, die in Sie verliebt . . .«

Da ist sie schon – N. N., mit heißen Blicken
Sucht ihn, nur ihn – in Aufruhr ist ihr Blut . . .
Auf ihrem Mädchenantlitz strahlt Entzücken,
In sinnloser lebendiger Liebesglut . . .

Er schmeichelt ihr mit flüsternd leeren Reden,
Mit denen man Lebendige betäubt,
Und schaut, wie Hals und Ausschnitt röter werden,
Wie auf die Schulter scheu sich senkt ihr Haupt . . .

Scharf ist das alte Gift, das übermäßig,
Mit fremder Bosheit er ihr ständig gibt . . .
»Wie klug er ist! Wie sehr er mich doch liebt!«

Ein fremder Klang in ihren Ohren liegt:
Die Knochen klappern unablässig.

19. Februar 1912

2

Nacht, Weg, Laterne, Apotheke,
Das Licht ist sinnlos trüb und bleich.
Geh weiter auf der Lebensstrecke –
Kein Ausweg. Alles bleibt sich gleich.

Умрешь – начнешь опять сначала,
И повторится всё, как встарь:
Ночь, ледяная рябь канала,
Аптека, улица, фонарь.

10 октября 1912

3

Пустая улица. Один огонь в окне.
Еврей-аптекарь охает во сне.

А перед шкапом с надписью *Venena*,
Хозяйственно согнув скрипучие колена,

Скелет, до глаз закутанный плащом,
Чего-то ищет, скалясь черным ртом . . .

Нашел . . . Но ненароком чем-то звякнул,
И череп повернул . . . Аптекарь крякнул,

Привстал – и на другой свалился бок . . .
А гость меж тем – заветный пузырек

Сует из-под плаща двум женщинам безносым
На улице, под фонарем белёсым.

Октябрь 1912

Du stirbst – beginnst ein neues Mal.
Und wieder, eh du dir's gedacht:
Weg, kaltes Kräuseln im Kanal,
Laterne, Apotheke, Nacht.

10. Oktober 1912

3

Die Straße leer. Ein Licht allein im Fenster brennt.
Der Apotheker-Jude ächzt im Bett.

Und vor dem Schrank, auf dem das Schild »Venena« zeigt,
Behutsam knarrend, tief das Knie gebeugt,

Kniet ein Skelett, der Umhang hat die Stirn verdeckt,
Sucht etwas, während es die Zähne bleckt...

Gefunden... Halt! Es klirrt! Der Schädel stutzte
Und dreht sich um... Der Apotheker grunzte,

Fuhr auf – und wälzt sich auf die andre Seite...
Der Gast inzwischen steckt ein Fläschchen heimlich

Zwei Frauen zu, die ohne Nasen im Gesicht,
Am Wege stehn, im kalten Straßenlicht.

Oktober 1912

МИРЫ летят. Года летят. Пустая
Вселенная глядит в нас мраком глаз.
А ты, душа, усталая, глухая,
О счастии твердишь, – который раз?

Чтó счастие? Вечерние прохлады
В темнеющем саду, в лесной глуши?
Иль мрачные, порочные услады
Вина, страстей, погибели души?

Чтó счастие? Короткий миг и тесный,
Забвенье, сон и отдых от забот . . .
Очнешься – вновь безумный, неизвестный
И зá сердце хватающий полет . . .

Вздохнул, глядишь – опасность миновала . . .
Но в этот самый миг – опять толчок!
Запущенный куда-то, как попало,
Летит, жужжит, торопится волчок!

И, уцепясь за край скользящий, острый,
И слушая всегда жужжащий звон, –
Не сходим ли с ума мы в смене пестрой
Придуманных причин, пространств, времен . . .

Когда ж конец? Назойливому звуку
Не станет сил без отдыха внимать . . .
Как страшно всё! Как дико! – Дай мне руку,
Товарищ, друг! Забудемся опять.

2 июля 1912

DIE WELT verfliegt. Die Zeit verfliegt. Die Leere
Des Weltalls starrt uns an mit finsterm Blick.
Und du, erschöpfte, abgestumpfte Seele
Sprichst immer noch – wie lange schon? – vom Glück.

Was ist das Glück? Die abendliche Kühle
Im dämmerigen Park, im dichten Wald?
Oder die lasterhaften Wohlgefühle
Des Weins, des Feuers, das die Seele bannt?

Was ist das Glück? Ein Augenblick, Vergessen,
Traum, Ruhe, von der Sorgenlast befreit . . .
Dann wachst du auf – und wieder, wild, versessen,
Der fremde Flug, der nach dem Herzen greift . . .

Ein Seufzer, du schaust auf – vorbei, gerettet . . .
In diesem Augenblick – ein neuer Stoß!
Der Kreisel fällt ganz gleich wohin, entfesselt,
Und fliegt, und dreht sich rasend schnell, und tost!

Wir klammern uns an glitschig scharfe Wände,
Betäubt vom Lärm, vom tosenden Gewirr –
Macht uns der Wechsel der erdachten Gründe,
Der bunte Tanz von Raum und Zeit nicht irr?. . .

Wann kommt das Ende? Wir sind kraftlos, müde
Zu hören auf den Ton, der tost und heult . . .
Wie schrecklich ist die Welt! Wie wild, wie öde!
Reich mir die Hand! Verlieren wir uns, Freund.

2. Juli 1912

ВОЗМЕЗДИЕ

О доблестях, о подвигах, о славе
Я забывал на горестной земле,
Когда твое лицо в простой оправе
Передо мной сияло на столе.

Но час настал, и ты ушла из дому.
Я бросил в ночь заветное кольцо.
Ты отдала свою судьбу другому,
И я забыл прекрасное лицо.

Летели дни, крутясь проклятым роем . . .
Вино и страсть терзали жизнь мою . . .
И вспомнил я тебя пред аналоем,
И звал тебя, как молодость свою . . .

Я звал тебя, но ты не оглянулась,
Я слезы лил, но ты не снизошла.
Ты в синий плащ печально завернулась,
В сырую ночь ты из дому ушла.

Не, знаю, где приют своей гордыне
Ты, милая, ты, нежная, нашла . . .
Я крепко сплю, мне снится плащ твой синий,
В котором ты в сырую ночь ушла . . .

Уж не мечтать о нежности, о славе,
Всё миновалось, молодость прошла!
Твое лицо в его простой оправе
Своей рукой убрал я со стола.

30 декабря 1908

VERGELTUNG

Nach Heldenmut, nach Ruhm und edlen Dramen
Stand nicht mein Sinn im leiderfüllten Land,
Wenn dein Gesicht in seinem schlichten Rahmen,
Ich auf dem Tische leuchtend vor mir fand.

Doch kam die Stund', und du bist weggegangen.
Ich warf den Liebesring fort in die Nacht.
Du übergabst dein Schicksal einem andern,
Und ich vergaß dein wunderschön Gesicht.

Die Tagen flogen fort, verwünschtes Drehen . . .
Mein Leben quälten Leidenschaft und Wein . . .
Und vor dem Chorpult glaubt' ich dich zu sehen,
Und rief nach dir, wie nach der Jugend mein . . .

Ich rief nach dir, doch konnt' ich dich nicht halten,
Ich weinte Tränen, doch du gabst nicht acht.
Du hülltest traurig dich in deinen Mantel,
Den blauen, und verschwandst in feuchter Nacht.

Ich weiß nicht, wo für deinen Stolz du, Sanfte,
Du, Liebste, Zarte, eine Zuflucht fandst . . .
Im tiefen Schlaf träumt mir dein blauer Mantel,
In dem du in die feuchte Nacht entschwandst . . .

Der Traum von Sanftheit, Ruhm ist längst vergangen,
Vergangen ist die Jugend, alles schwand.
Und dein Gesicht in seinem schlichten Rahmen
Hab' ich vom Tisch entfernt mit eigner Hand.

30. Dezember 1908

ШАГИ КОМАНДОРА

В. А. Зоргенфрею

Тяжкий, плотный занавес у входа,
  За ночным окном – туман.
Чтó теперь твоя постылая свобода,
  Страх познавший Дон-Жуан?

Холодно и пусто в пышной спальне,
  Слуги спят, и ночь глуха.
Из страны блаженной, незнакомой, дальней
  Слышно пенье петуха.

Чтó изменнику блаженства звуки?
  Миги жизни сочтены.
Донна Анна спит, скрестив на сердце руки,
  Донна Анна видит сны . . .

Чьи черты жестокие застыли,
  В зеркалах отражены?
Анна, Анна, сладко ль спать в могиле?
  Сладко ль видеть неземные сны?

Жизнь пуста, безумна и бездонна!
  Выходи на битву, старый рок!
И в ответ – победно и влюбленно –
  В снежной мгле поет рожок . . .

Пролетает, брызнув в ночь огнями,
  Черный, тихий, как сова, мотор,
Тихими, тяжелыми шагами
  В дом вступает Командор . . .

Настежь дверь. Из непомерной стужи,
  Словно хриплый бой ночных часов –

DIE SCHRITTE DES KOMTURS

Für W. A. Sorgenfrej

Schwer und dicht der Vorhang, der am Eingang lastet,
Hinterm Fenster – Nebelglast.
Was geschah mit deiner Freiheit, der verhaßten,
Don Juan, von Angst erfaßt?

Kalt und leer ist's in dem Prunkgemache,
Diener schlafen, und die Nacht ist dumpf.
Aus dem sel'gen, unbekannten, fernen Lande
Hört man einen Hahnenruf.

Was sind dem Verräter sel'ge Klänge?
Lebensaugenblicke sind gezählt.
Donna Anna, überm Herz gekreuzt die Hände,
Donna Anna träumt und schläft.

Wessen Züge sind's, die grausam fragen
Aus den Spiegeln ringsumher?
Anna, Anna, schläfst du süß im Grabe?
Träumst du süße Träume, erdenfern?

Leer und sinnlos, grundlos tief das Leben!
Altes Schicksal, komm hervor zur Schlacht!
Und zur Antwort – siegreich und verliebt erbebend –
Hupt ein Horn in Schnee und Nacht . . .

Eulenhaft vorübergleitend, Feuer spritzend,
Schwarz und still ein Auto fuhr.
Stillen, ruhig festen, schweren Schrittes
Tritt ins Haus ein der Komtur . . .

Offen steht die Tür. Aus kalter Tiefe
Dröhnt ein nächtlich heisrer Stundenschlag –

Бой часов: »Ты звал меня на ужин.
 Я пришел. А ты готов? . . .«

На вопрос жестокий нет ответа,
 Нет ответа – тишина.
В пышной спальне страшно в час рассвета,
 Слуги спят, ночь бледна.

В час рассвета холодно и странно,
 В час рассвета – ночь мутна.
Дева Света! Где ты, донна Анна?
 Анна! Анна! – Тишина.

Только в грозном утреннем тумане
 Бьют часы в последний раз:
Донна Анна в смертный час твой встанет.
 Анна встанет в смертный час.

Сентябрь 1910 – 16 февраля 1912

Stundenschlag: »Zum Nachtmahl hast du mich gerufen.
  Ich bin da. Und was hast Du getan?. . .«

Keine Antwort auf die böse Frage.
  Keine Antwort – Stille gleich.
Schrecklich ist die Dämmerung im Schlafgemache,
  Diener schlafen, und die Nacht ist bleich.

Kalt und seltsam ist die Dämmerung im Saale,
  Dämmerung, die trüb erwacht.
Lichtgestalt! Wo bist du, Donna Anna?
  Anna! Anna! – Stille. Nacht.

Nur im ungeheuren Morgennebel
  Dröhnt letztmals der Stundenschlag:
Anna wird zu deiner Todesstunde leben,
  Anna lebt an deinem Todestag.

September 1910 – 16. Februar 1912

АРФЫ И СКРИПКИ

Черный ворон в сумраке снежном,
Черный бархат на смуглых плечах.
Томный голос пением нежным
Мне поет о южных ночах.

В легком сердце – страсть и беспечность,
Словно с моря мне подан знак.
Над бездонным провалом в вечность,
Задыхаясь, летит рысак.

Снежный ветер, твое дыханье,
Опьяненные губы мои . . .
Валентина, звезда, мечтанье!
Как поют твои соловьи . . .

Страшный мир! Он для сердца тесен!
В нем – твоих поцелуев бред,
Темный мóрок цыганских песен,
Торопливый полет комет!

Февраля 1910

Я пригвожден к трактирной стойке.
Я пьян давно. Мне всё – равно.
Вон счастие мое – на тройке
В сребристый дым унесено . . .

Летит на тройке, потонуло
В снегу времен, в дали веков . . .
И только душу захлестнуло
Сребристой мглой из-под подков . . .

HARFEN UND GEIGEN

Schwarzer Rabe am schneeigen Himmel,
Dunkle Schultern in schwarzem Samt.
Zart der Klang, die schmachtende Stimme
Singt von Nächten im südlichen Land.

Leidenschaftlich das Herz, unbekümmert,
wie ein Zeichen mir gesandt vom Meer.
Überm Abgrund, wo Ewigkeit dämmert,
Stürmt schwer keuchend der Traber daher.

Schneeiger Wind, dein keuchendes Wehen,
Meine Lippen, trunken vom Fall . . .
Valentina, mein Stern, mein Sehnen!
Wie schön singt deine Nachtigall . . .

Schreckliche Welt! Das Herz in der Enge!
Darin – deiner Küsse fiebriger Trug,
Finstere Nacht der Zigeunergesänge,
Der hastige, irre Kometenflug!

Februar 1910

Genagelt an die Kneipentheke.
Betrunken. Mir ist alles gleich.
Fort ist mein Glück – ist auf der Troika
Davongefahrn im Silberrauch . . .

Die Troika fliegt, und ist tief versunken
Im Schnee der Zeit, im fernen Jahr . . .
Und nur die Seele ist noch trunken
Vom Silberdunst der Pferdespur. . .

В глухую темень искры мечет,
От искр всю ночь, всю ночь светло . . .
Бубенчик под дугой лепечет
О том, что счастие прошло . . .

И только сбруя золотая
Всю ночь видна . . . Всю ночь слышна . . .
А ты, душа . . . душа глухая . . .
Пьяным пьяна . . . пьяным пьяна . . .

26 октября 1908

ГОЛОСА СКРИПОК

Евг. Иванову

Из длинных трав встает луна
Щитом краснеющим героя,
И буйной музыки волна
Плеснула в море заревое.

Зачем же в ясный час торжеств
Ты злишься, мой смычок визгливый,
Врываясь в мировой оркестр
Отдельной песней торопливой?

Учись вниманью длинных трав,
Разлейся в море зорь бесцельных,
Протяжный голос свой послав
В отчизну скрипок запредельных.

Февраль 1910

Im Dunkel wirbelt Funkenhelle,
Von Funken ist die Nacht erhellt . . .
Unter dem Krummholz lallt die Schelle
Vom Glück, vom Glück, das mich geprellt . . .

Und nur das goldene Geklirre,
Das durch die Nacht . . . die Nächte treibt . . .
Du meine Seele . . . öd und irre . . .
Vom Rausch betäubt . . . vom Rausch betäubt . . .

26. Oktober 1908

STIMMEN DER GEIGEN

Für Jewg. Iwanow

Aus langen Gräsern steigt der Mond,
Ein Heldenschild, der rötlich schimmert.
Die Sturmmusik der Wogen dröhnt
Im Rot des Meers, das plätschernd dämmert.

Warum nur muß im hellen Sieg
Mein Bogen zornig kreischend singen,
Mit seinem eignen schrillen Lied
Die Weltmusik in Aufruhr bringen?

Wie langes Gras sei aufmerksam,
Verfließe, wenn die Meere steigen,
Und sende deiner Stimme Klang
Ins Land der grenzenlosen Geigen.

Februar 1910

Ветр налетит, завоет снег,
И в памяти на миг возникнет
Тот край, тот отдаленный брег . . .
Но цвет увял, под снегом никнет . . .

И шелестят травой сухой
Мои старинные болезни . . .
И ночь. И в ночь – тропой глухой
Иду к прикрытой снегом бездне . . .

Ночь, лес и снег. И я несу
Постылый груз воспоминаний . . .
Вдруг – малый домик на поляне,
И девочка поет в лесу.

6 января 1912

Есть минуты, когда не тревожит
Роковая нас жизни гроза.
Кто-то нá плечи руки положит,
Кто-то ясно заглянет в глаза . . .

И мгновенно житейское канет,
Словно в темную пропасть без дна . . .
И над пропастью медленно встанет
Семицветной дугей тишина . . .

И напев заглушенный и юный
В затаенной затронет тиши
Усыпленные жизнию струны
Напряженной, как арфа, души.

Июль 1912

Der Wind fegt Schnee weit übers Land.
Da treten kurz in mein Gedächtnis
Die Gegend, jener ferne Strand,...
Doch unterm Schnee verwelkt und bläßlich...

Wie trocknes Gras sich wispernd regt,
So rascheln meine alten Leiden...
Und Nacht. Zur Nacht ein öder Weg,
Vor mir der Abgrund, schneebekleidet...

Nacht, Wald und Schnee. Und mich bedrängt
Die schwere Bürde der Erinnrung...
Plötzlich – ein Häuschen auf der Lichtung,
Ein Mädchen, das im Walde singt.

6. Januar 1912

Es gibt flüchtige Lebensminuten
Ohne drückende, dunkle Gefahr.
Jemand legt dir die Hand auf die Schultern,
Jemand mustert dich freundlich und klar...

Und Alltägliches gleitet zu Boden,
Tief ins bodenlos-gähnende Schwarz...
Überm Abgrund, in farbigem Bogen,
Strahlt die Stille mit schillerndem Glanz...

Und die jungen, verschwiegenen Töne,
In der Stille, die heimlich entstand,
Rührn die schläfrigen Saiten der Seele,
Welche wie eine Harfe gespannt.

Juli 1912

Я вижу блеск, забытый мной,
Я различаю на мгновенье
За скрипками – мное пенье,
Тот голос низкий и грудной,

Каким ответила подруга
На первую любовь мою.
Его доныне узнаю
В те дни, когда бушует вьюга,

Когда былое без следа
Прошло, и лишь чужие страсти
Напоминают иногда,
Напоминают мне – о счастьи.

12 декабря 1913

Ты – буйный зов рогов призывных,
Влекущий на неверный след,
Ты – серый ветер рек разливных,
Обманчивый болотный свет.

Люблю тебя, как посох – странник,
Как воин – милую в бою,
Тебя провижу, как изгнанник
Провидит родину свою.

Но лик твой мне незрим, неведом,
Твоя непостижима власть:
Ведя меня, как вождь, к победам,
Испепеляешь ты, как страсть.

Декабря 1913

Ich seh' den Glanz, vergessen schon,
Wenn Augenblicke wiederbringen
Im Geigenklang – ein andres Singen,
Die Stimme, jenen tiefen Ton,

Die Antwort auf mein innig Sehnen,
Als ich zum erstenmal verliebt.
An Tagen, wenn der Schneesturm tobt,
Kann ich sie heute noch erkennen,

Wenn das Vergangne ohne Spur
Verging, und fremdes Liebestosen
Erinnert mich zuweilen nur,
Erinnert, was mein Glück gewesen.

12. Dezember 1913

Du – Ruf des Sturmhorns, wilde Regung
Die mich auf falsche Spuren weist,
Du – grauer Wind der Flußbewegung,
Ein Truglicht, das durch Sümpfe kreist.

Ich liebe dich – so wie ein Wandrer
Den Stab, und der Soldat im Krieg
Die Liebste, und wie ein Verbannter
Das Bild der fernen Heimat sieht.

Doch unsichtbar sind deine Züge,
Und unerreichbar deine Kraft:
Du, wie ein Feldherr, führst zum Siege,
Und tötest, wie die Leidenschaft.

Dezember 1913

РОДИНА

Задебренные лесом кручи:
Когда-то там, на высоте,
Рубили деды сруб горючий
И пели о своем Христе.

Теперь пастуший кнут не свистнет,
И песни не споет свирель.
Лишь мох сырой с обрыва виснет,
Как ведьмы сбитая кудель.

Навеки непробудной тенью
Ресницы мхов опушены,
Спят, убаюканные ленью
Людской врагини – тишины.

И человек печальной цапли
С болотной кочки не спугнет,
Но в каждой тихой, ржавой капле –
Зачало рек, озер, болот.

И капли ржавые, лесные,
Родясь в глуши и темноте,
Несут испуганной России
Весть о сжигающем Христе.

Октябрь 1907 – 29 августа 1914

HEIMAT

Von dichtem Wald bewachsne Hänge:
Dort oben, hoch am Hügelkamm
Schlugen einst Vorfahrn Holz und sangen
Ihr Christuslied beständig lang.

Jetzt hört man keine Knute sausen,
Verstummt ist das Schalmeienlied.
Nur feuchtes Moos hängt überm Felsen
Wie Hexenflachs zerfranst und wild.

Auf ewig hat in dichte Schatten
Das Moos die Wimpern tief geneigt,
Es schlummert, eingewiegt, ermattet
Vom Schweigen, das den Leuten feind.

Kein Trauerreiher wird erschrocken
Vorm Menschen aus den Sümpfen fliehn,
Doch jeder leise, rostige Tropfen
Enthält schon Flüsse, Sümpfe, Seen.

Die roten Tropfen auf dem Grunde,
Gezeugt, wo's öd und finster ist,
Bringen dem bangen Rußland Kunde
Von dem, der sengt und brennt, vom Christ.

Oktober 1907 – 29. August 1914

НА ПОЛЕ КУЛИКОВОМ

1

Река раскинулась. Течет, грустит лениво
   И моет берега.
Над скудной глиной желтого обрыва
   В степи грустят стога.

О, Русь моя! Жена моя! До боли
   Нам ясен долгий путь!
Наш путь – стрелой татарской древней воли
   Пронзил нам грудь.

Наш путь – степной, наш путь – в тоске безбрежной,
   В твоей тоске, о, Русь!
И даже мглы – ночной и зарубежной –
   Я не боюсь.

Пусть ночь. Домчимся. Озарим кострами
   Степную даль.
В степном дыму блеснет святое знамя
   И ханской сабли сталь . . .

И вечный бой! Покой нам только снится
   Сквозь кровь и пыль . . .
Летит, летит степная кобылица
   И мнет ковыль . . .

И нет конца! Мелькают версты, кручи . . .
   Останови!
Идут, идут испуганные тучи,
   Закат в крови!

Закат в крови! Из сердца кровь струится!
   Плачь, сердце, плачь . . .

AUF DEM KULIKOWO-FELD

1

Der Fluß zerteilte sich. Er strömt und trauert träge,
Und wäscht die Ufer aus.
Über dem kargen, gelben Lehmhang ragen
Heuschober traurig auf.

O Rußland, du, mein Weib! In Qual und Leiden
Ist uns der Weg bewußt!
Er – ein Tatarenpfeil aus alten Zeiten
Durchbohrte uns die Brust.

Der Weg – ein Steppenweg in grenzenlosem Sehnen,
Rußland, dein Trauerblick!
Und selbst die Finsternis – die nächtliche und ferne –
Fürchte ich nicht.

Sei's Nacht. Wir stürmen weiter. Brände flammen
Im Steppenglanz.
Im Rauch der Steppe glänzt das heilige Banner,
Und blitzt das Schwert des Khans . . .

Und ew'ger Kampf! Wir träumen nur von Ruhe
In Blut und Staub . . .
Sie fliegt, sie fliegt, die wilde Steppenstute,
Das Gras zerstampft . . .

Kein Ende! Pfähle schimmern, steile Hänge . . .
Bleib stehen! Halt!
Sie rast, sie rast erschreckt, die Wolkenmenge,
Von Blut entflammt!

Der Himmel blutentflammt! Das Herz im Blute!
Herz, wein noch mehr . . .

Покоя нет! Степная кобылица
Несется вскачь!

7 июня 1908

2

Мы, сам-друг, над степью в полночь стали:
Не вернуться, не взглянуть назад.
За Непрядвой лебеди кричали,
И опять, опять они кричат . . .

На пути – горючий белый камень.
За рекой – поганая орда.
Светлый стяг над нашими полками
Не взыграет больше никогда.

И, к земле склонившись головою,
Говорит мне друг: »Остри свой меч,
Чтоб недаром биться с татарвою,
За святое дело мертвым лечь!«

Я – не первый воин, не последний,
Долго будет родина больна.
Помяни ж за раннею обедней
Мила друга, светлая жена!

8 июня 1908

3

В ночь, когда Мамай залег с ордою
Степи и мосты,
В темном поле были мы с Тобою, –
Разве знала Ты?

Kein Frieden, keine Ruh! Die Steppenstute
        Stürmt wild daher.

7. Juni 1908

2

Mitternacht. Im Steppengras, zu zweien,
Schaun wir nicht zurück, wir kehrn nicht heim.
Hinterm Flusse hört man Schwäne schreien,
Wieder, wieder ohne Ende schrein . . .

Auf dem Wege brennen weiße Steine.
Hinterm Fluß die Heidenscharen stehn.
Lichtes Banner über unsern Reihen,
Wirst nie mehr im Sturme flatternd wehn.

Tief herab gebeugt den Kopf zum Boden
Sagt der Freund zu mir: »Wetz scharf dein Schwert,
Um zu stürmen in die wilden Horden,
Unsre Sache ist das Sterben wert!«

Nicht der erste bin ich, nicht der letzte,
Krank wird lange noch die Heimat sein.
Wenn das Frühlicht tagt zur Morgenmesse,
Lichte Freundin, Frau, gedenke mein!

8. Juni 1908

3

In der Nacht als Mamais Heer in Flammen
    Durch die Steppe zog,
Warn wir auf dem dunklen Feld zusammen, –
    Wußtest Du das noch?

Перед Доном темным и зловещим,
  Средь ночных полей,
Слышал я Твой голос сердцем вещим
  В криках лебедей.

С полунóчи тучей возносилась
  Княжеская рать,
И вдали, вдали о стремя билась,
  Голосила мать.

И, чертя круги, ночные птицы
  Реяли вдали.
А над Русью тихие зарницы
  Князя стерегли.

Орлий клёкот над татарским станом
  Угрожал бедой,
А Непрядва убралась туманом,
  Что княжна фатой.

И с туманом над Непрядвой спящей,
  Прямо на меня
Ты сошла, в одежде свет струящей,
  Не спугнув коня.

Серебром волны блеснула другу
  На стальном мече,
Освежила пыльную кольчугу
  На моем плече.

И когда, наутро, тучей черной
  Двинулась орда,
Был в щите Твой лик нерукотворный
  Светел навсегда.

14 июня 1908

Vor dem Don, dem düstern, unheilvollen,
   Nachts über dem Feld,
Hab' mit bangem Herz ich Dich vernommen,
   Wo der Schwanschrei gellt.

Aus der Nacht wie eine Wolke ragend
   Stürmt die Fürstenmacht.
Weit entfernte Pferdebügel schlagen,
   Eine Mutter klagt.

Nächtlich zogen Vögel weite Kreise
   Fern am Steppenrand.
Über Rußland zuckten Blitze leise,
   Schützten Fürst und Land.

Den Tataren drohten Adlerschreie
   Untergang und Fluch,
Die Njeprjadwa schmückten Nebelschleier
   Wie ein Fürstentuch.

Aus dem Nebel stiegst Du überm Flusse
   Und kamst zu mir hin.
Dein Gewand war ganz von Licht begossen,
   Doch mein Pferd blieb still.

Und von silberhellem Wellenglanze
   War mein Schwert umstrahlt.
Leichter wurde mir der staub'ge Panzer,
   Der die Schulter quält.

Morgens wogte wieder schwarz und wilde
   Die Tatarenschar.
Doch Dein Antlitz prangte auf dem Schilde
   Ewig hell und klar.

14. Juni 1908

4

Опять с вековою тоскою
Пригнулись к земле ковыли.
Опять за туманной рекою
Ты кличешь меня издали́ . . .

Умчались, пропали без вести
Степных кобылиц табуны,
Развязаны дикие страсти
Под игом ущербной луны.

И я с вековою тоскою,
Как волк под ущербной луной,
Не знаю, что делать с собою,
Куда мне лететь за тобой!

Я слушаю рокоты сечи
И трубные крики татар,
Я вижу над Русью далече
Широкий и тихий пожар.

Объятый тоскою могучей,
Я рыщу на белом коне . . .
Встречаются вольные тучи
Во мглистой ночной вышине.

Вздымаются светлые мысли
В растерзанном сердце моем,
И падают светлые мысли,
Сожженные темным огнем . . .

»Явись, мое дивное диво!
Быть светлым меня научи!«
Вздымается конская грива . . .
За ветром взывают мечи . . .

31 июля 1908

4

Und wieder beugt uralte Trauer
Die Gräser zur Erde so tief.
Hinterm Fluß und der Nebelmauer
Tönt wieder von ferne dein Ruf . . .

Sie stürmten davon, sind verschwunden,
Die Stuten – wohin, weiß ich nicht,
Leidenschaften sind losgebunden
Unterm Joche des Vollmondlichts.

Ich streife in uraltem Sehnen
Wie ein Wolf unterm Mondlicht umher,
Ich weiß nicht, was tun, wohin gehen,
Wohin soll ich fliegen mit dir.

Ich höre den Schlachtenlärm toben,
Die Tatarentrompeten im Land,
Und seh' über Rußland hoch oben
Den weiten und ruhigen Brand.

Ich streife, von Trauer umfangen,
Umher auf dem Roß, weiß wie Schnee . . .
Freie Wolken braun sich zusammen
In der nebligen nächtlichen Höh.

Und hoch wirbeln helle Gedanken
Im Herz, das gequält und beengt,
Und es fallen helle Gedanken
Vom dunklen Feuer versengt . . .

»Erscheine, mein Wunder, erscheine!
Lehr mich hell erleuchtet zu sein!«
Es wirbelt die Pferdemähne . . .
Hinterm Wind flehen Schwerter und schrein . . .

31. Juli 1908

5

И мглою бед неотразимых
Грядущий день заволокло.
Вл. Соловьев

Опять над полем Куликовым
Взошла и расточилась мгла,
И, словно облаком суровым,
Грядущий день заволокла.

За тишиною непробудной,
За разливающейся мглой
Не слышно грома битвы чудной,
Не видно молньи боевой.

Но узнаю тебя, начало
Высоких и мятежных дней!
Над вражьим станом, как бывало,
И плеск и трубы лебедей.

Не может сердце жить покоем,
Недаром тучи собрались.
Доспех тяжел, как перед боем.
Теперь твой час настал. – Молись!

23 декабря 1908

РОССИЯ

Опять, как в годы золотые,
Три стертых треплются шлеи,
И вязнут спицы росписные
В расхлябанные колеи . . .

5

Und vom Dunkel unabwendbaren Leids
Ist der kommende Tag umwölkt
Wl. Solowjow

Und wieder steigt und strömt das Dunkel
Hoch überm Kulikowo-Feld,
Und hat gleich einer düstern Wolke
Den Tag, den kommenden, umstellt.

Die schwere Stille lastet träge
Im fahl zerfloßnen Nebellicht.
Man kann nicht hörn die Donnerschläge,
Die Schlachtenblitze sieht man nicht.

Ich seh' dich aber, Morgendämmern
Der hohen und verwegnen Taten!
Über dem Feindeslager schimmern
Der Schwäne Plätschern und Trompeten.

Nicht grundlos steigen Wolkendämpfe,
Die Ruhe ist dem Herz genommen.
Die Rüstung drückt, wie vor dem Kampfe.
Bet! – Deine Stunde ist gekommen.

23. Dezember 1908

RUSSLAND

Und wieder, wie in goldnen Jahren,
Sind drei Geschirre abgenutzt.
Das bunte Rad ist festgefahren,
Versunken tief im Schlamm und Schmutz . . .

Россия, нищая Россия,
Мне избы серые твои,
Твои мне песни ветровые –
Как слезы первые любви!

Тебя жалеть я не умею
И крест свой бережно несу . . .
Какому хочешь чародею
Отдай разбойную красу!

Пускай заманит и обманет, –
Не пропадешь, не сгинешь ты,
И лишь забота затуманит
Твои прекрасные черты . . .

Ну что ж? Одной заботой боле –
Одной слезой река шумней,
А ты всё та же – лес, да поле,
Да плат узорный до бровей . . .

И невозможное возможно,
Дорога долгая легка,
Когда блеснет в дали дорожной
Мгновенный взор из-под платка,
Когда звенит тоской острожной
Глухая песня ямщика! . . .

18 октября 1908

O Rußland, Rußland, arm und elend!
Vertraute Lieder singt dein Wind,
Wo graue Hütten in der Ferne
Mir erste Liebestränen sind.

Ich kann und will dich nicht beklagen,
Behutsam trage ich mein Kreuz . . .
Darfst dich den Zaubern nicht versagen,
Gib hin die Schönheit, ohne Geiz!

Man mag dich locken und betrügen –
Doch du lebst weiter, du stirbst nicht.
Von deinen wunderschönen Zügen
Bannt nur die Bitternis das Licht . . .

Was soll's? Nur eine Sorgenträne –
Verlorn im Fluß, der schäumt und rauscht.
Doch du bist ewig – Felder, Wälder,
Ein buntes Tuch, das hoch sich bauscht . . .

Und das Unmögliche wird möglich,
Die lange Reise ist mir leicht,
Wenn, in der Ferne funkelnd, plötzlich
Ein Blick sich hinterm Tuche zeigt,
Wenn, voll gefangner Trauer, sehnlich
Das Lied des Kutschers klagt und weint . . .

18. Oktober 1908

ОСЕННИЙ ДЕНЬ

Идем по жнивью, не спеша,
С тобою, друг мой скромный,
И изливается душа,
Как в сельской церкви темной.

Осенний день высок и тих,
Лишь слышно – ворон глухо
Зовет товарищей своих,
Да кашляет старуха.

Овин расстелет низкий дым,
И долго под овином
Мы взором пристальным следим
За лётом журавлиным . . .

Летят, летят косым углом,
Вожак звенит н плачет . . .
О чем звенит, о чем, о чем?
Чтó плач осенний значит?

И низких нищих деревень
Не счесть, не смерить оком,
И светит в потемневший день
Костер в лугу далеком . . .

О, нищая моя страна,
Чтó ты для сердца значишь?
О, бедная моя жена,
О чем ты горько плачешь?

1 января 1909

HERBSTTAG

Wir gehn durchs Stoppelfeld, zu zweit,
Ohn' Hast, in stillen Träumen,
Die Seele überfließt und weint
In dunklen Kirchenräumen.

Der Herbsttag ist so still und weit,
Man hört nur dumpfes Rufen
Von Rabenschwärmen weit verstreut,
Und eine Greisin husten.

Rauchschwaden ziehen tief dahin,
Die sich aus Darren winden,
Mit angespannten Blicken sehen
Wir Kraniche entschwinden . . .

Sie fliegen, fliegen, schräg und lang,
Sie klingen und sie klagen . . .
Wovon, wovon nur zeugt ihr Klang?
Was will das Weinen sagen?

Die Dörfer elend, flach, vermag
Das Auge nicht zu trennen,
In Dämmerung versinkt der Tag,
Und fern die Feuer brennen . . .

O meine Heimat elend rauh,
Warum gilt dir mein Sehnen?
Was sagen, meine arme Frau,
Mir deine bittern Tränen?

1. Januar 1909

Не уходи. Побудь со мною,
Я так давно тебя люблю.

Дым от костра струею сизой
Струится в сумрак, в сумрак дня.
Лишь бархат алый алой ризой,
Лишь свет зари – покрыл меня.

Всё, всё обман, седым туманом
Ползет печаль угрюмых мест.
И ель крестом, крестом багряным
Кладет на даль воздушный крест . . .

Подруга, на вечернем пире,
Помедли здесь, побудь со мной.
Забудь, забудь о страшном мире,
Вздохни небесной глубиной.

Смотри с печальною усладой,
Как в свет зари вползает дым.
Я огражу тебя оградой –
Кольцом из рук, кольцом стальным.

Я огражу тебя оградой –
Кольцом живым, кольцом из рук.
И нам, как дым, струиться надо
Седым туманом – в алый круг.

Август 1909

Русь моя, жизнь моя, вместе ль нам маяться?
Царь, да Сибирь, да Ермак, да тюрьма!
Эх, не пора ль разлучиться, раскаяться . . .
Вольному сердцу на что твоя тьма?

Verlaß mich nicht. Verweile noch.
So lange liebe ich dich schon.

Blaugrauer Rauch strömt in die Weite
Und hat den dunklen Tag erfüllt.
Nur roter Samt mit rotem Kleide,
Nur Dämmerlicht hat mich umhüllt.

Alles ist Trug. Im grauen Lichte
Kriecht Trauer durch die düstre Welt.
Mit Purpurschatten legt die Fichte
Ein Luftkreuz auf das weite Feld . . .

Freundin, beim späten Abendmahle
Verweile du, sollst mit mir sein,
Vergiß, vergiß die Welt der Qualen,
Atme den tiefen Himmel ein.

Schaue mit Wonne und mit Trauer,
Wie Rauch im Abendlicht verging.
Ich lege um dich eine Mauer –
den Ring aus Stahl, den Händering.

Die Mauer will ich um dich legen –
Den Händering, lebendig heiß.
Wir müssen wie der Rauch vergehen
Als grauer Dunst im purpurn Kreis.

August 1909

Rußland, mein Leben – Gefängnis, Sibirien,
Zar, und Jermak – nimmt kein Ende die Pein?
Ach, ist's nicht Zeit zu bereuen, zu trennen uns,
Und von dem Dunkel das Herz zu befrein?

Знала ли что? Или в Бога ты верила?
Чтó там услышишь из песен твоих?
Чудь начудила, да Меря намерила
Гатей, дорог да столбов верстовых . . .

Лодки да грады по рекам рубила ты,
Но до Царьградских святынь не дошла . . .
Соколов, лебедей в степь распустила ты –
Кинулась и́з степи черная мгла . . .

За́ море Черное, за́ море Белое
В черные ночи и в белые дни
Дико глядится лицо онемелое,
Очи татарские мечут огни . . .

Тихое, долгое, красное зарево
Каждую ночь над становьем твоим . . .
Чтó же маячишь ты, сонное марево?
Вольным играешься духом моим?

28 февраля 1910

НА ЖЕЛЕЗНОЙ ДОРОГЕ

Марии Павловне Ивановой

Под насыпью, во рву некошенном,
Лежит и смотрит, как живая,
В цветном платке, на косы брошенном,
Красивая и молодая.

Бывало, шла походкой чинною
На шум и свист за ближним лесом.
Всю обойдя платформу длинную,
Ждала, волнуясь, под навесом.

Wußtest du was? Oder hast du an Gott geglaubt?
Was kann man hören aus deinem Gesang?
Tschuden und Meren, die Dämme errichteten,
Werstpfähle pflanzten den Wegen entlang . . .

Hast Kähne, Siedlungen entlang dem Fluß geschlagen,
Doch kamst du nicht bis zum heilgen Byzanz . . .
Falken und Schwäne entließt du ins Steppenland –
Und aus der Steppe drang finsteres Schwarz . . .

Über das Schwarze Meer, über das Weiße Meer,
In schwarzen Nächten, im tagweißen Licht
Spiegelt sich wild ein verloschenes Augenpaar,
Blitzt flammend grell ein Tatarengesicht . . .

Ruhig und lange, und rot glüht ein Feuerschein
Hoch überm Lager bei dir jede Nacht . . .
Spiegelung, schwankendes Traumbild, was flimmerst du?
Hast meinen Geist du zum Spiele erdacht?

28. Februar 1910

AN DER EISENBAHN

Für Maria Pawlowna Iwanowa

Beim Damm, im Graben, der noch ungemäht,
Liegt sie, als wäre sie am Leben.
Der Zopf, ein buntes Kopftuch umgelegt,
Die jungen Züge schön und eben.

Sie kam zuweilen her mit leisem Gang,
Wenn nah beim Wald die Pfiffe klangen.
Sie lief gespannt am langen Gleis entlang,
Hielt inne unterm Schutzdach, bangend.

Три ярких глаза набегающих –
Нежней румянец, круче локон:
Быть может, кто из проезжающих
Посмотрит пристальней из окон . . .

Вагоны шли привычной линией,
Подрагивали и скрипели;
Молчали желтые и синие;
В зеленых плакали и пели.

Вставали сонные за стеклами
И обводили ровным взглядом
Платформу, сад с кустами блёклыми,
Ее, жандарма с нею рядом . . .

Лишь раз гусар, рукой небрежною
Облокотясь на бархат алый,
Скользнул по ней улыбкой нежною . . .
Скользнул – и поезд в даль умчало.

Так мчалась юность бесполезная,
В пустых мечтах изнемогая . . .
Тоска дорожная, железная
Свистела, сердце разрывая . . .

Да что́ – давно уж сердце вынуто!
Так много отдано поклонов,
Так много жадных взоров кинуто
В пустынные глаза вагонов . . .

Не подходите к ней с вопросами,
Вам всё равно, а ей – довольно:
Любовью, грязью иль колесами
Она раздавлена – всё больно.

14 июня 1910

Drei Augen nahten, helle, gleißende –
Zärtliche Röte, Locken flogen:
Vielleicht blickt jemand von den Reisenden
Ein wenig wacher aus dem Wagen . . .

Der Zug fuhr die gewohnte Linie
In ächzend-lautem, schweren Gleiten;
Im gelben, blauen Abteil schwiegen sie,
Im grünen sangen sie und weinten.

Hinter den Scheiben standen Schläfrige,
Und ihre müden Blicke glitten
Über den Bahnsteig, über Gärten hin
Zu ihr, und zu dem Polizisten . . .

Und einmal nur hat ein Husar verzückt,
Gestützt auf samtne Purpurbogen,
Sie aus dem Fenster zärtlich angeblickt . . .
Gelächelt – und ist fortgeflogen . . .

So stürmte fort die Jugendzeit, vertan
In leerem Lauf, erschöpft, zerschlissen . . .
Die Traurigkeit, der Pfiff der Eisenbahn
Haben das Herz zerstört, zerrissen . . .

Was soll's – schon lange ist das Herz nicht mehr!
So viel vergebliches Verbeugen,
So vieler Blicke kläglich letzte Gier
Zu Wagenfenstern, leeren Augen . . .

Stellt keine Fragen mehr, laßt sie allein,
Sie hat genug von euch, von allen;
Was sie erdrückt hat, ist euch einerlei –
Schmutz, Räder, oder Liebesqualen.

14. Juni 1910

ПОСЛЕДНЕЕ НАПУТСТВИЕ

Боль проходит понемногу,
Не навек она дана.
Есть конец мятежным стонам.
Злую муку и тревогу
Побеждает тишина.

Ты смежил больные вежды,
Ты не ждешь – она вошла.
Вот она – с хрустальным звоном
Преисполнила надежды,
Светлым кругом обвела.

Слышишь ты сквозь боль мучений,
Точно друг твой, старый друг,
Тронул сердце нежной скрипкой?
Точно легких сновидений
Быстрый рой домчался вдруг?

Это – легкий образ рая,
Это – милая твоя.
Ляг на смертный одр с улыбкой,
Тихо грезить, замыкая
Круг постылый бытия.

Протянуться без желаний,
Улыбнуться навсегда,
Чтоб в последний раз проплыли
Мимо, сонно, как в тумане,
Люди, зданья, города . . .

Чтобы звуки, чуть тревожа
Легкой музыкой земли,
Прозвучали, потомили

LETZTES GELEIT

Schmerzen werden langsam schwinden,
Sind nicht ewig auf der Welt.
Aufhör'n wird das wilde Stöhnen.
Unruhe wie Qualen enden,
Wenn das Schweigen Einzug hält.

Deine müden, kranken Lider
Schließen sich. Du wartest nicht.
Sic hat, mit kristallnen Tönen
Deine Hoffnungsträume wieder
Eingefaßt in klares Licht.

Hörst du durch die Pein der Leiden,
Wie dein alter Freund dich ruft,
Geigenklänge dich umfächeln?
Hörst du leichte Träume gleiten,
Wie sie nah'n in flinkem Flug?

Leichtes Bild des Paradieses,
Die geliebte Freundin dein.
Leg dich hin mit einem Lächeln,
Um in stillem Traum zu schließen
Den verhaßten Kreis des Seins.

Ohne Wünsche sich zu dehnen,
Ewig lächelnd, unbeschwert,
Daß ein letztes Mal in Träumen
Schläfrig, wie im Nebel, ziehen
Menschen, Häuser, Städte fort . . .

Daß im Klangstrom kaum erbebend
Weltmusik sich leise rührt,
Schmachtend tönt in stillen Räumen,

Над последним миром лжа
И в иное увлекли . . .

Лесть, коварство, слава, злато –
Мимо, мимо, навсегда . . .
Человеческая тупость –
Всё, что мучило когда-то,
Забавляло иногда . . .

И опять – коварство, слава,
Злато, лесть, всему венец –
Человеческая глупость,
Безысходна, величава,
Бесконечна . . . Что ж, конец?

Нет . . . еще леса, поляны,
И проселки, и шоссе,
Наша русская дорога,
Наши русские туманы,
Наши шелесты в овсе . . .

А когда пройдет всё мимо,
Чем тревожила земля,
Та, кого любил ты много,
Поведет рукой любимой
В Елисейские поля.

14 мая 1914

З. Н. Гиппиус

Рожденные в года глухие
Пути не помнят своего.
Мы – дети страшных лет России –
Забыть не в силах ничего.

Überm letzten Frieden schwebend,
In die andre Welt entführt . . .

Ruhm, Gold, List und Schmeicheleien –
Alles schwindet und verfliegt . . .
Abgrundtiefe Menschendumpfheit –
Alles, was dich einst ließ leiden,
Was dich einst so hat vergnügt.

Wieder – List und Ruhmgefühle,
Schmeicheleien, Gold und Hohn –
Abgrundtiefe Menschendummheit,
Unausweichlich, triumphierend,
Endlos . . . Ist das alles schon?

Nein . . . noch immer Wälder, Wiesen,
Die Chaussee, der Wiesenweg,
Rußlands Straße ohne Ende,
Rußlands Nebelschwaden fließen,
Hafer rauscht, vom Wind bewegt . . .

Und wenn alles ist vorüber,
Was die Erde leiden ließ,
Werden dich geliebte Hände
Ins Elysium entführen,
In das ferne Paradies.

14. Mai 1914

Für S. N. Hippius

Wir sind in dumpfer Zeit geboren.
Wir wissen nicht, wohin wir gehn.
Uns zeugten Rußlands schlimme Jahre –
Und das, was war, bleibt ewig stehn.

Испепеляющие годы!
Безумья ль в вас, надежды ль весть?
От дней войны, от дней свободы –
Кровавый отсвет в лицах есть.

Есть немота – то гул набата
Заставил заградить уста.
В сердцах, восторженных когда-то,
Есть роковая пустота.

И пусть над нашим смертным ложем
Взовьется с криком воронье, –
Те, кто достойней, Боже, Боже,
Да узрят царствие твое!

8 сентября 1914

O Aschenjahre des Verderbens!
Ist's Wahn, ist's Hoffnung, die euch lenkt?
Vom Krieg, vom Freiheitskampf, vom Sterben
Sind die Gesichter blutgetränkt.

Die Stummheit, und des Sturmes Wüten
Haben die Lippen zugesperrt.
In unsren Herzen, die einst blühten,
Ist wüste Leere eingekehrt.

Es mögen Rabenschwärme schreien
Über dem Totenlager bleich –
Die Würdigeren, Gott, die Reinen,
Sie sollen sehn dein Himmelreich.

8. September 1914

СКИФЫ

Панмонголизм! Хоть имя дико,
Но мне ласкает слух оно.
Владимир Соловьев

Мильоны – вас. Нас – тьмы, и тьмы, и тьмы.
Попробуйте, сразитесь с нами!
Да, скифы – мы! Да, азиаты – мы,
С раскосыми и жадными очами!

Для вас – века, для нас – единый час.
Мы, как послушные холопы,
Держали щит меж двух враждебных рас
Монголов и Европы!

Века, века ваш старый горн ковал
И заглушал громá лавины,
И дикой сказкой был для вас провал
И Лиссабона, и Мессины!

Вы сотни лет глядели на Восток,
Копя и плавя наши перлы,
И вы, глумясь, считали только срок,
Когда наставить пушек жерла!

Вот – срок настал. Крылами бьет беда,
И каждый день обиды множит,
И день придет – не будет и следа
От ваших Пестумов, быть может!

О, старый мир! Пока ты не погиб,
Пока томишься мукой сладкой,
Остановись, премудрый, как Эдип,
Пред Сфинксом с древнею загадкой!

DIE SKYTHEN

Panmongolismus! Ist das Wort auch wild,
So schmeichelt es doch meinem Ohr.
Wladimir Solowjow

Ihr seid Millionen. Wir – ein Meer, ein Meer.
  Versucht es nur, das Schwert zu zücken!
Ja, Skythen! Asiaten! Das sind wir,
  Mit gierigen und schrägen Blicken!

Jahrhunderte sind für uns Stunden nur.
  Wie Sklaven hielten wir gehorsam,
Die Feinde trennend, unsern Schild empor
  Zwischen Mongolen und Europa.

Lang, lang hat eurer Schmiedeöfen Hall
  Betäubt das Donnern der Lawine.
Ein wildes Märchen war für euch der Fall
  Von Lissabon und von Messina.

Jahrhunderte habt ihr geschaut nach Ost,
  Und ließt von Perlen euch verwöhnen.
Und spöttisch habt ihr nur gezählt die Frist,
  Bis die Kanonenschlünde dröhnen.

Die Zeit ist da. Das Elend stürzt herein,
  Mit jedem Tage wächst das Leiden.
Und eines Tages wird vielleicht kein Stein
  Von eurem Paestum übrigbleiben.

O alte Welt! Solange du noch bist,
  Und du dich quälst im süßen Bösen,
Verweile doch, wie Oedipus, mit List
  Den Rätselspruch der Sphinx zu lösen!

Россия – Сфинкс. Ликуя и скорбя,
   И обливаясь черной кровью,
Она глядит, глядит, глядит в тебя,
   И с ненавистью, и с любовью! . . .

Да, так любить, как любит наша кровь,
   Никто из вас давно не любит!
Забыли вы, что в мире есть любовь,
   Которая и жжет, и губит!

Мы любим всё – и жар холодных числ,
   И дар божественных видений,
Нам внятно всё – и острый галльский смысл,
   И сумрачный германский гений . . .

Мы помним всё – парижских улиц ад,
   И венецьянские прохлады,
Лимонных рощ далекий аромат,
   И Кельна дымные громады . . .

Мы любим плоть – и вкус ее, и цвет,
   И душный, смертный плоти запах . . .
Виновны ль мы, коль хрустнет ваш скелет
   В тяжелых, нежных наших лапах?

Привыкли мы, хватая под уздцы
   Играющих коней ретивых,
Ломать коням тяжелые крестцы,
   И усмирять рабынь строптивых . . .

Придите к нам! От ужасов войны
   Придите в мирные объятья!
Пока не поздно – старый меч в ножны,
   Товарищи! Мы станем – братья!

Rußland – die Sphinx. Mit Jubel und mit Pein,
Ganz überströmt von schwarzem Blute,
Schaut sie, und schaut, und schaut in dich hinein,
Mit Haß erfüllt, und auch mit Güte . . .

Ja, so wie unser Blut zu lieben liebt,
War keinem von euch je geheuer.
Ihr habt vergessen, daß es Liebe gibt,
Welche zerstört und sengt wie Feuer.

Wir lieben alles – kalter Zahlen Brand,
Die Gabe göttlicher Visionen,
Der gallische Esprit ist uns bekannt,
Der finstre Genius der Germanen . . .

Wir kennen der Pariser Straßen Gruft,
Die frische Kühle von Venedig,
Und der Zitronenhaine fernen Duft,
Und Köln, gewaltig groß und neblig . . .

Wir lieben Körper – und Geschmack, und Licht,
Gerüche, die um Körper ranken . . .
Zu dumm, daß euer Knochenbau zerbricht
In unsern zärtlich-schweren Pranken . . .

Mit hartem Zügeldruck sind wir's gewohnt,
Zu bändigen die Pferdemähnen,
Den Pferden gar das Kreuz zu brechen und
Auch wilde Sklavinnen zu zähmen . . .

Kommt her! Wozu der grauenvolle Krieg,
Umarmen wollen wir uns lieber!
Solang's noch Zeit – legt eure Schwerter weg,
Genossen, und wir werden Brüder!

А если нет, – нам нечего терять,
И нам доступно вероломство!
Века, века – вас будет проклинать
Больное позднее потомство!

Мы широко по дебрям и лесам
Перед Европою пригожей
Расступимся! Мы обернемся к вам
Своею азиатской рожей!

Идите все, идите на Урал!
Мы очищаем место бою
Стальных машин, где дышит интеграл,
С монгольской дикою ордою!

Но сами мы – отныне вам не щит,
Отныне в бой не вступим сами,
Мы поглядим, как смертный бой кипит,
Своими узкими глазами.

Не сдвинемся, когда свирепый гунн
В карманах трупов будет шарить,
Жечь города, и в церковь гнать табун,
И мясо белых братьев жарить! . . .

В последний раз – опомнись, старый мир!
На братский пир труда и мира,
В последний раз на светлый братский пир
Сзывает варварская лира!

30 января 1918

Wenn nicht – so ist auch das uns recht,
Wir können auch den Treubruch suchen.
Und lange, lange noch wird das Geschlecht
Der kranken Enkel euch verfluchen.

Wir schlagen Schneisen durch das Walddickicht,
Schaffen Europa weite Plätze.
Du Prächtiges! Wir wenden uns an dich
Mit unsrer Asiatenfratze!

Kommt alle her, kommt alle zum Ural,
Zum Platz, wo Stahlmaschinen stampfen,
Und durch den Dunst und Rauch des Integrals
Mit der Mongolenhorde kämpfen!

Wir selbst jedoch sind euch nicht mehr ein Schild,
Wir wolln im Kampfe nichts mehr nützen.
Wir schaun nur zu dem Todeskampfe wild
Mit unsren schmalen Augenschlitzen.

Wir rührn uns nicht, wenn Hunnenvolk erscheint,
Zu wühlen in der Leichen Tasche,
Die Städte sengt, das Volk zusammentreibt,
Und weißes Fleisch verbrennt zu Asche . . .

Zum letztenmal – besinn dich, alte Welt!
Zum Brudermahl, zur Friedensfeier,
Zum letztenmal zum lichten Gastmahl schallt
Der Aufruf der Barbarenleier!

30. Januar 1918

ANMERKUNGEN

Die vorliegende Ausgabe vereinigt eine Auswahl von 74 Gedichten aus dem insgesamt mehrere hundert Werke umfassenden lyrischen Œuvre Alexander Bloks. Die Gliederung in Zyklen sowie deren Anordnung in drei »Büchern« (erstmals verwirklicht in der Ausgabe der gesammelten Dichtungen von 1911/12) stammt vom Autor selbst. Blok maß der Zyklisierung seiner Gedichte eine große Bedeutung bei. Die triadische Struktur verstand er, wie er im Vorwort zu seiner Gesamtausgabe ausführt, als die dialektischen Etappen eines einzigen, autobiographischen »Romans in Versen«. Alle nach 1912 entstandenen Gedichte wurden in die bestehende Struktur integriert.

7 Die Verse von der Schönen Dame (1901-1902)
Der erstmals 1904 veröffentlichte und später mehrmals erweiterte Zyklus bildet zusammen mit einer vorausgehenden Sammlung von Jugendgedichten »Ante Lucem« und den nachfolgenden »Kreuzwegen« das »Erste Buch« von Bloks Lyrik.
Ich trat hinaus
Erstveröffentlichung in: Odesskie Novosti 1907, 25. Dezember. Dämmerung, Erwartung, Frühling, ferner Gesang sind die (z. T. aus der spätromantischen Lyrik des 19. Jahrhunderts übernommenen) Leitmotive in Bloks früher Dichtung.
Der Wind aus der Ferne
Erstveröffentlichung in: Rus' 1907, 2. Juli.

9 *Du gehst fort in rote Weiten*
Erstveröffentlichung im Almanach: »Grif« 1904.
Roter Mond
Erstveröffentlichung in: Niva 1907. 15.
Weiße Nächte: das Phänomen der nordischen Mitternachtssonne im Mai und Juni, ein beliebtes Thema der Petersburger Lyrik.

11 *Ich ahne dich voraus*
Erstveröffentlichung in: Novyj Put' 1903. 3.
Entstanden in *Schachmatowa* nördlich von Moskau, dem Landgut von Bloks Großvater Andrej Beketow, wo Blok jeweils die Sommermonate verbrachte und auf dem benachbarten Gut

Boblowo seine spätere Braut Ljubow Mendelejewa, das Urbild der »Schönen Dame«, kennenlernte. Eines der ersten publizierten Gedichte Bloks, veröffentlicht in der von Dmitrij Mereschkowskij und Sinaida Hippius herausgegebenen religiösphilosophischen Zeitschrift »Neuer Weg«. Das Motto entstammt Wladimir Solowjows Gedicht »Wozu Worte?« (1892). Der Philosoph, Mystiker und Lyriker Solowjow (1853-1900) war ein Hauptinspirator des russischen Symbolismus.

Dämmerung
Erstveröffentlichung in: Zolotoe Runo 1908. 1.
Das Motto ist Afanassij Fets Gedicht »Ein fernes Feuer hinter dem Fluß« (1842) entnommen. Fet (1820-1892) war einer der großen russischen Lyriker des 19. Jahrhunderts. Das Gedicht zeigt den Einfluß seines impressionistischen Nominalstils.

13 *Die Abende*
Erstveröffentlichung in: Reč 1908, 17. August.
Eine pessimistische Wiederaufnahme der »Schritte« und »Kreise« aus »Du gehst fort in rote Weiten« (S. 9). Zum Motiv der »unsichtbaren Schritte« vgl. auch das Gedicht »Die Schritte des Komturs« im Zyklus »Vergeltung« (S. 111); zum »geschlossenen Kreis« vgl. »Totentänze, 2« in dem Zyklus »Schreckliche Welt« (S. 103).

15 *Durch das Tal*
Erstveröffentlichung in: Žurnal dlja vsech 1904. 5.

Ich verrichte in dunklen Tempeln
Erstveröffentlichung in Brjussows Almanach: »Severnye cvety« 1904. 5.
Walerij Brjussow (1873-1924) war einer der Hauptvertreter des russischen Symbolismus. In diesem Gedicht kehrt ein einziges Mal die »Schöne Dame« aus dem Zyklustitel explizit wieder.
Lampen: »lampady« ist der Fachausdruck für die Lämpchen vor den Ikonen. – *Bild*: das russische Wort »obraz« bedeutet »Bild« »Gestalt« und »Ikone«. – *Verkleidung*: gemeint ist damit die verzierte, silberbeschlagene Verzierung der Ikonen, die nur Gesicht und Hände freiläßt.

17 *Ich seh' flammende Zeichen*
Erstveröffentlichung in: Severnye zapiski 1913. 4.

19 *Häuser*
Erstveröffentlichung im Almanach: »Grif«, 1904.

21 KREUZWEGE (1902-1904)
Der Zyklus wurde 1904 als Teil der »Verse von der Schönen Dame« veröffentlicht.

Überm Himmel
Erstveröffentlichung in: Niva 1907, Literaturbeilage Nr. 6, unter dem Titel »Johannisnacht« (Ivanova noč'.)
Das Motto ist Afanassij Fets Gedicht »Immer noch Frühling« (1847) entnommen.

Völlig vermummt
Erstveröffentlichung im Almanach: »Grif« 1904.
Das Selbstporträt des Dichters als Jahrmarktskomödiant und Schmierenschauspieler wird zu einem Leitmotiv in Bloks Gedichten, vgl. »Wenn zechend gröl'n die Narzisse« (S. 27) und »Die Schaubude« (S. 53) wie auch in dem gleichnamigen Theaterstück von 1906.

23 *Ein schwarzer Mensch*
Erstveröffentlichung im Almanach: »Grif« 1904.

Fabrik
Erstveröffentlichung im Almanach: »Grif« 1905.
Wegen seines sozialkritischen Gehalts wurde das Gedicht 1904 von der zaristischen Zensur verboten. Die orthographischen Besonderheiten, mit denen Blok vulgäre Häßlichkeit andeutet (»žoltyj« statt »želtyj, gelb«) können in der Übersetzung nicht wiedergegeben werden, wohl aber der monoton-stampfende Maschinenrhythmus der Wortrepetitionen.

25 *Statue*
Erstveröffentlichung im Almanach: »Grif« 1905.
Das Gedicht ist von den bronzenen Pferdestatuen auf der Anitschkow-Brücke inspiriert. Vom Newskij Prospekt aus führt über die Fontanka die Anitschkow-Brücke, geschmückt mit 4 kolossalen Bronzegruppen von Pferdebändigern, die nach den Modellen des Baron Klodt in St. Petersburg gegossen sind. Die Figurengruppen stehen in komplementärem Gegensatz zu dem lebendig gewordenen Standbild Peters des Großen (vgl. »Peter«, S. 55).

27 *Wenn zechend gröl'n die Narzisse*
Erstveröffentlichung in: »Die Verse von der Schönen Dame« (1904).

31 BLASEN DER ERDE (1904-1905)
Mit diesem Zyklus beginnt das »Zweite Buch« der Lyrik Bloks. Das Motto stammt aus dem Shakespearschen Drama *Macbeth*, 1. Akt, 3. Szene, in dem Banquo die gerade verschwundenen Hexen als Naturphänomen erklären will (»The earth hath bubbles, as the water has, and these are of them«).
Auf dem Kreuzweg
Erstveröffentlichung in Bloks zweitem Lyrikband »Unverhoffte Freude«, der im Dezember 1906 erschien.
Das Gedicht ist ein Beispiel für Bloks Experimentieren mit dem freien Vers (belyj razmer).

33 *Dieses endlose sumpfige Land*
Erstveröffentlichung in: Slovo 1906, 26. Juni.
Das Moor
Erstveröffentlichung in: »Unverhoffte Freude« (1906).

35 *Später Herbst*
Erstveröffentlichung in: »Unverhoffte Freude« (1906).

37 *Herbsttänze*
Erstveröffentlichung in: Zolotoe runo 1906. 7.
Ursprünglich Andrej Belyj gewidmet.
Herbstgeschöpfe [osennicy]: Neologismus Bloks, abgeleitet vom Wort »osen'« (Herbst).

41 KÜSTE
Erstveröffentlichung im Almanach: »Grif« 1905.
Das »Schiff« ist in Bloks Lyrik ein häufiges Bild für erhofftes oder erträumtes Glück, vgl. die Gedichte »Ein Mädchen sang« (S. 45), »Die Stille blüht« (S. 51) und – hier als Verzicht auf die Idylle – »Unnötig« (S. 77) im Zyklus »Die Schneemaske«. Der Tod ist im russischen weiblichen Geschlechts – »Sie« kann sich daher ebensogut auf das »Ewigweibliche« wie auf den Tod beziehen.

43 HERBSTFREIHEIT
Erstveröffentlichung im Almanach: »Fakely« I, 1906.
Rogatschewsker Chaussee: diese verlief unweit von Schachmatowo, dem Landgut der Familie Blok. – In seinem Essay

»Schwere Zeiten« von 1906 entwickelt Blok die Bilder der »Herbstfreiheit« zu der ausführlichen Vision eines Rußlands der unbehausten Landstreicher und der endlosen, monotonen Weite. Vgl. dazu auch den Zykus »Heimat«.

45 Ein Mädchen sang

Erstveröffentlichung in: Naša žizn' 1906, 18. Februar.

Der Text ist ein Paradebeispiel für Bloks virtuose Handhabung des russischen tonischen Verses (Dol'nik).

Zarentor: Die mittlere der drei Türen (auch Heilige Pforte) im Ikonostas der orthodoxen Kirche.

47 Rus

Erstveröffentlichung in: Zolotoe runo 1907. 6.

Rus ist die Bezeichnung für das russische Reich im Frühmittelalter. Nach Bloks eigenen Angaben reflektiert das Gedicht seine Beschäftigung mit russischen Volkssagen und okkulten Praktiken. Vgl. Bloks Essay »Poesie der Zaubersprüche und Beschwörungen« (1907).

51 Die Stille blüht

Erstveröffentlichung im Almanach: »Belye noči« 1907, mit dem Titel »Widmung in einem Gedichtband« – gemeint ist damit offensichtlich »Unverhoffte Freude«.

Hund: das Wort »pës« gehört einer stylistisch niedrigen Ebene an (Deutsch etwa: Köter) – ein Ausdruck von Bloks selbstironischer Haltung zu seinen symbolistischen »paradis artificiels«.

53 Die Schaubude

Erstveröffentlichung in: Obrazovanie 1907. 3.

Motto aus der Komödie von Alexandre Dumas père *Kean, ou désordre et génie* (1836): »Allons, cheval de charrue, maintenant que te voilà harnaché, va-t'en labourer ton Shakespeare« (Akt IV, Szene 8). – *Edmund Kean* (1787-1833): englischer Schauspieler, berühmt für seine Shakespearerollen. – Die Commedia dell'arte-Figuren *Harlekin, Pierrot* und *Colombina* sind auch die Hauptakteure in Bloks selbstironischem lyrischen Drama »Die Schaubude« von 1906.

55 Die Stadt (1904-1906)

Peter

Erstveröffentlichung im Almanach: »Belye noči« 1908.

Inspiriert von Falconets Reiterstandbild Peters des Großen auf dem Senatsplatz, dem berühmten »Ehernen Reiter«. Im gleichnamigen Poem Alexander Puschkins von 1833 erwacht Peter ebenfalls zu dämonischem Leben. – *Jewgeni Iwanow* (1879-1942): Ein mit Blok eng befreundeter Literat, der in einem 1907 veröffentlichten Aufsatz »Der Reiter« die russische Hauptstadt in apokalyptischen Bildern beschrieb. – Die vom Pferdehuf zerdrückte *Schlange*, in Falconets Denkmal symbolisiert sie Peters Sieg über das Böse, wird in Bloks Gedicht zum bedrohlichen Bild des triumphierenden Bösen umgedeutet. Ähnliche Stadtbilder finden sich in der zeitgenössischen Lyrik des deutschen Expressionismus (vgl. etwa Georg Heyms »Der Gott der Stadt«).

57 *Ewigkeit*
Erstveröffentlichung in: »Die Verse von der Schönen Dame« (1904).
Weit hinaus
Erstveröffentlichung in: »Die Verse von der Schönen Dame« (1904).
Rot ist für Blok die Farbe der apokalyptischen Bedrohung. Vgl. dazu eine Passage im Essay »Schwere Zeit« (1906): »Unsere Wirklichkeit spielt sich in rotem Licht ab. Die Tage sind immer lauter von Schreien, von flatternden roten Fahnen; abends ist die Stadt, eingeschlummert für eine Minute, im Abendrot von Blut übergossen. Nachts singt das Rot auf den Kleidern, den Wangen, den Lippen der käuflichen Frauen auf dem Markt.«

59 *Wo Kaschemmen und Gassen sich winden*
Erstveröffentlichung in: Vesy 1906. 5.
Die Gestalt des Zwergs taucht in Bloks Stadtgeschichten mehrmals auf (manchmal in Begleitung der »Unbekannten«). Wie die Sumpflandschaft der »Blasen der Erde« ist auch die Landschaft der Großstadt mit Fabelwesen und Spukgestalten bevölkert, die hier allerdings unheimlicher und bösartiger scheinen.

61 *Straße, Straße*
Erstveröffentlichung in: Čas 1907, 21. November.

63 *Die Unbekannte*
Erstveröffentlichung in: »Unverhoffte Freude« (1906).
»Die Unbekannte« ist das wohl populärste Gedicht Bloks. Zu seiner Interpretation und Rezeption vgl. Nachwort. Unter dem

gleichen Titel schrieb Blok auch ein lyrisches Drama (1906). – *Bäckerkringel*: ein vergoldeter Kringel als Ladenschild einer Bäckerei. Andrej Belyj, der Bloks Zuwendung zu den Realien der Großstadt als »Verrat« an seinen früheren Idealen empfand, schrieb 1907 in der Zeitschrift »V mire iskusstv«: »[Blok] entdeckt in Kringeln und Brezeln irgend etwas Besonderes; und er beschreibt die Kringel so, daß einem dabei die Haare zu Berge stehen.«

69 SCHNEEMASKE (1906-1907)
Die Schauspielerin *Natalja Nikolajewna Wolochwa* (1880-1965), zu der Blok in heftiger Leidenschaft entbrannt war, inspirierte ihn zu diesem Zyklus. Am 13. Januar 1907 schrieb Blok an Walerij Brjussow, die dreißig Gedichte seien »in einem Zug« entstanden. Das erste Gedicht des Zyklus »Schneewein« (S. 69) hatte er am 29. Dezember 1906 geschrieben, das letzte »Schneescheiterhaufen« am 13. Januar 1907.
Im April 1907 erschien die Gedichtsammlung als selbständiges Buch. In den fünf hier abgedruckten, der ersten Hälfte des Zyklus entnommenen Gedichten, läßt sich die Entwicklungslinie des Werks verfolgen, das in seiner Art beinahe eine Versnovelle en miniature darstellt: nach anfänglichem skeptischen Zögern wird der Held durch seine »*Taufe*« im Schneesturm völlig von der Schneewelt in Beschlag genommen, bis hin zur totalen Selbstaufgabe und Selbstauflösung, wo allein noch der Wunsch übrigbleibt, »in den Schneemassen des Vergessens zu verbrennen«. – *Schneeschrift*: das Wort »vjaz'« (abgeleitet vom Verb »vjazat'« – binden) ist die Bezeichnung für eine dekorative Ligaturschrift mit ineinander verschlungenen Buchstaben. Hier ist es ein Symbol für den dichterischen Text als ein Gewebe aus »Schneefäden«.

81 FAINA (1907-1908)
Der Zyklus ist wie auch »Schneemaske« Natalja Wolochowa gewidmet. Er steht in thematischer Verbindung mit dem lyrischen Drama »Lied des Schicksals« von 1908. (Faina ist der Name einer dort auftretenden Zigeunerin.
Harmonika, Harmonika
Erstveröffentlichung in: Vesy 1908. 3. unter dem Titel »Volkstanz« [Pljaska].

Das neunte aus dem elf Gedichte umfassenden Zyklus »Beschwörung durch Feuer und Finsternis«, der in »Faina« integriert wurde und selbständig erstmals in: Vesy 1908. 3. erschienen war.

83 *Erinnerung*

Erstveröffentlichung in: Severnoe sijanie 1908. 2.

87 SCHRECKLICHE WELT (1909-1916)

An die Muse

Erstveröffentlichung in: Russkaja mysl' 1913. 11.

Später ist es das Eröffnungsgedicht des »Dritten Buches«. Viele Bilder sind mit dem Essay »Über den gegenwärtigen Zustand des russischen Symbolismus« von 1910 verbunden. Das »Zertreten der Heiligtümer« erinnert an die Äußerung Dmitrij Karamasows über seinen Vater, ». . . mir gefiel nicht sein Äußeres, irgend etwas Ehrloses war darin, ein Verhöhnen und Niedertreten von allem, was heilig ist. Hohn und Unglauben . . .« (Fjodor Dostojewski, *Die Brüder Karamasow*, 9. Buch, 3. Kapitel).

89 *Aus kristallnem Nebel leuchtet*

Erstveröffentlichung in: Vesy 1909. 10/11.

Der Text ist eine Weiterentwicklung der »Unbekannten«. Die »stöhnenden Geigen« der Zigeunermusik werden zu einem Leitmotiv des »Dritten Buches« (vgl. »Im Restaurant«, S. 95, und den Zyklus »Harfen und Geigen«, S. 115).

91 *Auf den Inseln*

Erstveröffentlichung in: »Al'manach dlja vsech« II, 1911.

Die *Inseln* (heute Kirow-Inseln): Erholungspark auf den Inseln des Newadeltas im Norden Petersburgs.

95 *Im Restaurant*

Erstveröffentlichung: in Russkaja mysl' 1910. 11.

Eine zufällige Begegnung mit Maria Nelidova (gestorben 1951) in dem bekannten Petersburger Restaurant »Villa Rodais«, von der Blok »kein Auge lassen konnte« und der er einen »Kelch Wein mit einer roten Rose« an den Tisch bringen ließ, inspirierte ihn zu dem Gedicht.

97 *Der Aviator*

Erstveröffentlichung in: Zavety 1912. 1.

Das Gedicht ist dem Andenken des Flugpioniers V. F. Schmidt gewidmet, der am 14. Mai 1911 während eines Schaufluges vor den Augen Bloks zu Tode stürzte. – *Feuergeist* (letun): Drache, Feuerschlange im russischen Volksglauben, abgeleitet vom Verb »letat« (fliegen).

101 TOTENTÄNZE (1912-1914)
Die im Original fünf Gedichte, entstanden zwischen 1912 und 1914, bilden eine Einheit innerhalb des Zyklus »Schreckliche Welt«.

101 1. *Für einen Toten*
Erstveröffentlichung in: Sovremennik 1912. 11. unter dem deutschen Titel »Totentanz«.

103 2. *Nacht, Weg, Laterne*
Erstveröffentlichung, zusammen mit dem folgenden Gedicht, in: Russkaja mysl' 1914. 3. unter dem gemeinsamen deutschen Titel »Totentanz«.
Sie sind eine in ihrer Lakonik meisterhafte Beschwörung der »ewigen Wiederkehr des Gleichen«. Anna Achmatowa antwortete am 7. Juni 1946 mit dem Gedicht: »Er hat recht – wieder die Laterne, die Apotheke / Die Newa, das Schweigen, der Granit . . ./ Wie ein Denkmal des Jahrhundertanfangs / Steht dieser Mensch da . . . .«

105 3. *Die Straße leer*
Erstveröffentlichung in: Russkaja mysl' 1914. 3.
Venana (lat.): Gift

107 DIE WELT VERFLIEGT
Erstveröffentlichung in: Russkaja molva 1913, 10. Februar.

109 VERGELTUNG (1908-1913)
»Vergeltung« ist auch der Titel eines unvollendet gebliebenen Poems Bloks mit autobiographischem Charakter.
Nach Heldenmut
Erstveröffentlichung in: Novyj žurnal dlja vsech 1910. 1.
Ljubow Blok gewidmet, der Ehefrau und Inspiratorin der »Verse von der Schönen Dame«. Mit seiner der sentimentalen Romanze entlehnten Technik (Ringstruktur, Wiederholungen, Variationen) erweckt das Gedicht den Eindruck einer »ununterbrochenen Melodie« (K. Močul'skij).

111 *Die Schritte des Komturs*
Erstveröffentlichung in: Russkaja mysl' 1912. 11.
Wilhelm Sorgenfrei (1882-1938): mit Blok befreundeter Dichter.

In seinen Memoiren beschreibt Sorgenfrei die Umstände der Entstehung des Gedichts, das angeblich vom Geräusch eines in der Ferne vorbeifahrenden nächtlichen Automobils inspiriert wurde. Das Thema des Automobils figuriert auch in zwei kurzen Gedichten vom 11. Februar 1910, die in den Zyklus »Schreckliche Welt« eingegangen sind.

Der Don Juan-Stoff ist in der russischen Literatur in erster Linie durch Puschkins kleine Tragödie »Der Steinerne Gast« (1830) präsent, neben seinem Poem »Der ehernen Reiter« eine andere Variante der plötzlich lebendig gewordenen, bedrohlichen Skulptur. – Die *»verhaßte Freiheit«* der ersten Strophe ist ein wörtliches Zitat aus dem Brief Onegins an Tatjana in Puschkins Versroman »Eugen Onegin«.

115 Harfen und Geigen (1908-1916).

Schwarzer Rabe

Erstveröffentlichung in: Russkaja mysl' 1910. 11.

Das zweite aus einer Gruppe von drei Gedichten mit dem Titel »Drei Sendschreiben«. *Valentina*: Valentina Schtschogoleva (1878-1931), Schauspielerin. 1910 für kurze Zeit mit Blok liiert. Die »Drei Sendschreiben« sind ihr gewidmet.

Genagelt an die Kneipentheke

Erstveröffentlichung in: Novoe obrazovanie 1910. 1/2.

In einem Notizbucheintrag vom 26. Oktober 1908 entwirft Blok ein ausführlicheres Bild der fliegenden *Troika*, in Anlehnung an Gogols berühmte Allegorie Rußlands am Schluß des ersten Buches der *Toten Seelen*.

117 *Stimmen der Geigen*

Erstveröffentlichung in: Apollon 1911. 3.

Weltmusik: vgl. dazu Bloks Puschkinrede von 1921 (S. 177).

119 *Der Wind*

Erstveröffentlichung in: Russkaja mysl' 1913. 4.

Es gibt flüchtige Lebensminuten

Erstveröffentlichung in: Russkaja molva 1912, 9. Dezember.

121 *Ich seh' den Glanz*

Erstveröffentlichung im Almanach: »Sirin« III, 1914. unter dem Titel »Auf dem Ball«. Inspiriert von der Erinnerung an Ksenia Sadowskaja (1862-1925). Blok hatte sich 1897 in die 18 Jahre ältere Frau in Bad Nauheim verliebt.

121 *Du – Ruf des Sturmhorns*
Erstveröffentlichung in: Birževye vedomosti 1914, 21. Dezember, unter dem Titel »Unablässig Wiederkehrendes«.

123 HEIMAT (1907-1916)
Von dichtem Wald
Erstveröffentlichung in: Ežemesjačnyj žurnal 1914. 10.
Nach den ersten Entwürfen von 1907 zu urteilen plante Blok ein Gedicht über die Altgläubigen. Er interessierte sich in dieser Zeit für Sektierer, religiöse Fanatiker und »Selbstverbrenner«; daher der »sengende« (in der ersten Manuskriptfassung »ungeheuerliche«) Christ in der letzten Zeile.

125 *Auf dem Kulikowo-Feld*
Erstveröffentlichung im Almanach: »Šipovnik« X, 1909.
Der historische Hintergrund dieses Zyklus' von fünf Gedichten ist der Sieg des Moskauer Fürsten Dmitrij Donskoj über die Truppen des Tatarenkhans Mamai in der Schlacht auf dem Kulikowo-Feld (bei den Flüssen Don und Neprjadwa) am 8. September 1380 – der Auftakt zu der Befreiung Rußlands vom Tatarenjoch. Im Vorwort zu den »Gesammelten Dichtungen« von 1912 nennt Blok die Schlacht ein »symbolisches Ereignis der russischen Geschichte« und fährt fort: »Solchen Ereignissen ist eine Rückkehr beschieden. Die Lösung liegt noch vor uns.« Im Essay »Volk und Intelligenz« von 1908 vergleicht er die Truppen Dmitrij Donskojs mit der Masse des russischen Volkes und die mongolischen Horden mit der dem Volk entfremdeten Intelligenz. Die Schlacht ist auch das Thema eines Monologs im Drama »Lied des Schicksals« (1908).
Der Zyklus evoziert thematisch und stilistisch bekannte Gestaltungen der Kulikowo-Schlacht in der altrussischen Literatur: die ihrerseits auf das »Igorlied« von 1185 zurückgehende »Sadonschtschina« (Ende 14. Jh.) und die »Sage von der Schlacht des Mamai« (Mitte 15. Jh.). Vgl. z. B. die allegorische Darstellung des Kampfgetümmels mit schreienden Schwänen, nächtlich-kreisenden Adlern, Wetterleuchten und dräuenden Nebelbänken. Andere Bilder, etwa die berühmte »Steppenstute«, entstammen Bloks eigener Einbildungskraft. Das Motto zu Nr. 5 stammt aus Solowjows (vgl. S. 158) Gedicht »Der Drache« von 1900, in dem der christliche Siegfried aufgefordert wird,

gegen die Bedrohung aus dem Osten das Schwert zu ergreifen.

133 *Rußland*
Erstveröffentlichung in: Novoe slovo 1910. 1.
Die endgültige Fassung ist gegenüber der Erstpublikation stark gekürzt.

137 *Herbsttag*
Erstveröffentlichung in: Sbornik Literaturnogo fonda (1910).

139 *Blaugrauer Rauch*
Erstveröffentlichung im Almanach: »Na rassvete« I, 1910 unter dem Titel »Romanze«. Das Motto entstammt einer Zigeunerromanze, die Blok im November 1920 in sein Tagebuch übertrug.

Rußland, mein Leben
Erstveröffentlichung in: »Nächtliche Stunden«, dem vierten, 1911 erschienenen Lyrikband Bloks, unter dem Titel »An die Heimat«.
Jermak (gest. 1584): Kosakenführer, der im 16. Jahrhundert die Eroberung Sibiriens einleitete. Held zahlreicher Legenden und Volkslieder. – *Tschuden und Meren*: prähistorische finno-ugrische Volksstämme. Im russischen Text Objekte eines auf falscher Etymologie beruhenden, unübersetzbaren Wortspiels. – *Falken und Schwäne*: aus der altrussischen Dichtung übernommene Metaphorik für den Kampf gegen die Steppenvölker (vgl. »Auf dem Kulikowo-Feld«); in die gleiche Tradition gehört die Hell-Dunkel-Symbolik. – *Tatarengesicht*: zum asiatischen Element vgl. »Die Skythen« (S. 151).

141 *An der Eisenbahn*
Erstveröffentlichung in: Novaja žizn' 1911. 3.
Das Gedicht erinnert in Thematik und Stil an die Lyrik Nikolaj Nekrassows (1821-1878) und ist wohl auch von dem gleichnamigen Gedicht Ja. P. Polonskis (1819-1898) inspiriert. Nach Bloks eigenen Angaben (Vorwort 1912) die »unbewußte Nachahmung« einer Episode aus Tolstojs Roman *Auferstehung* (1899), als Katarina Maslowa auf einer kleinen Bahnstation ihren Verführer Nechljudow in einem hellerleuchteten Ersterklassecoupé vorbeifahren sieht. – *Maria Pawlowna Iwanowa* (1874-1941): die Schwester Jewgeni Iwanows (vgl. S. 162). – *Im gelben, blauen . . ., grünen Abteil . . .*: im vorrevolutionären Rußland

waren die Waggons erster Klasse blau, zweiter Klasse gelb, und dritter Klasse grün gestrichen. Der Mikrokosmos des Zuges wird zum allegorischen Bild der russischen Gesellschaft.

145 *Letztes Geleit*

Erstveröffentlichung in: Birževye vedomosti 1914, 26. Oktober.

Wir sind in dumpfer Zeit geboren

Erstveröffentlichung in: Apollon 1914. 10. (Die Widmung ist von 1916).

Das Gedicht entstand kurz nach dem Ausbruch des Ersten Weltkriegs.

Sinaida Hippius: bedeutende symbolistische Dichterin (1869-1945), die seit 1902 mit Blok befreundet war. Kurz nach dem Erscheinen seines Revolutionspoems Die »Zwölf« (1918) brach sie jeden Kontakt zu ihm ab. 1919 emigrierte sie nach Paris. – *Krieg, Freiheitskampf*: Anspielung auf den Russisch-Japanischen Krieg von 1904/ 1905 und die gescheiterte Revolution von 1905.

151 DIE SKYTHEN

Erstveröffentlichung in: Znamja truda 1918, 20. Februar. Das Motto stammt aus Solowjows Gedicht *»Panmongolismus«* (1894), es beschreibt, wie das vom wahren Glauben abgefallene Rußland in einem neuen Mongolensturm von den Horden Asiens überrannt werden wird. – Die *Skythen* waren ein kriegerisches Reitervolk, das im 7. bis 3. Jh. v. Chr. die Steppen nördlich des Schwarzen Meers bewohnte. Das »Skythentum«, eine Betonung des wild-chaotischen, aber gegenüber dem »dekadenten« Europa vital-dynamischen »eurasischen« Charakters der russischen Kultur, war in den frühen Jahren des 20. Jahrhunderts in russischen Intellektuellenkreisen populär. Die bolschewistische Oktoberrevolution wurde vielfach als ein Triumph des asiatischen Elementes begriffen. 1917 und 1918 erschienen unter der Leitung des Sozialrevolutionärs R. W. Iwanow-Rasumnik (1878-1946) zwei Sammelbände mit dem Titel »Die Skythen«, unter der Mitwirkung Bloks, Andrej Belyjs, Sergej Jessenins u. a. – *Lissabon und Messina*: die portugiesische Hauptstadt wurde im 14. und 18. Jh. von Erdbebenkatastrophen zerstört (vgl. dazu Voltaires *Candide*). Das verheerende Erdbeben von Messina in Sizilien (1908) verstand Blok als ein Fanal von kosmischer Bedeutung, den Auftakt zu einer kommenden Weltkrise. Vgl. seinen Essay »Naturelement und Kultur« von 1908. – *Paestum*: Stadt in Süditalien, ehemals griechische Kolonie, am Ende des 9. Jhs. von den Sarazenen verwüstet. – *Wir lieben alles* . . .: In seiner berühmten Puschkinrede von 1880 spricht Fjodor Dostojewskij vom »wahren Russentum« als universaler Liebe zu Europa und predigt als die messianische Sendung Rußlands die Versöhnung und Vereinigung aller Völker in brüderlicher Nächstenliebe.

NACHWORT

Dein Name – ein Kuß auf den Schnee.
Ein quellklarer, eisiger, blauer Schluck.

Marina Zwetajewa, »Gedichte an Blok«

Der Name Alexander Alexandrowitsch Bloks steht in der Geschichte der russischen Lyrik und des »Silbernen Zeitalters«, der Geburtsstunde des Modernismus in Rußland zu Beginn unseres Jahrhunderts, für eine Gestalt von beinahe mythischer Statur. Blok war unbestreitbar der bedeutendste symbolistische Dichter und im Jahrzehnt vor der Revolution *die* dominierende Lyrikerfigur Rußlands. Zu der Vorstellung vom »archetypischen Dichters« hat außer der Qualität seiner Lyrik nicht zuletzt auch die außergewöhnliche äußere Erscheinung beigetragen, mit der er die Zeitgenossen in seinen Bann zog: die »nordische« Schönheit mit der Aura des »gefallenen Engels« und das gelassen-überlegene Auftreten von natürlicher Grazie und Majestät. Als der »tragische Tenor der Epoche« und ein »Denkmal des Jahrhundertanfangs« (Anna Achmatowa) ist er inzwischen längst zum Klassiker der russischen Literatur geworden.
Bloks Gedichte wurden, anders als die auf verbale Virtuosität und prätentiöse Gelehrsamkeit bedachten Werke mancher seiner symbolistischen Dichterkollegen, vom Lesepublikum stets als »Bruchstücke einer großen Konfession« verstanden, als Momentaufnahmen einer Leidensgeschichte, in denen sich die Hoffnungen und Ängste einer von Krisen mannigfacher Art erschütterten Generation zum Kunstwerk verdichteten. Boris Eichenbaum verglich 1921 die Wirkung von Bloks Versen mit dem »emotionalen Monolog eines tragischen Schauspielers«: »Der Ritter der Schönen Dame – Hamlet, über das Nichtsein sinnierend –, der wahnwitzige Vergeuder seines Lebens, festgenagelt an die Kneipentheke und den Zigeunerreizen verfallen – der düstere Prophet von Chaos und Tod –, all das war für uns die konsequente, logi-

sche Entwicklung *einer* Tragödie, und Blok selbst war ihr Held.«

Die enge Verquickung von Leben und Werk macht eine Kenntnis von Bloks Biographie für das Verständnis seiner Dichtung unerläßlich. Sein ungewöhnlicher Geburtsort, der »Rektorenflügel« der Petersburger Universität, wo der Dichter am 16. (28.) November 1880 das Licht der Welt erblickte, steht kennzeichnend für seine soziale Herkunft – der höchste intellektuelle und wissenschaftliche Beamtenadel des Zarenreichs. Bloks Vater, der Nachkomme eines im 18. Jahrhundert aus Deutschland eingewanderten Arztes, war Professor der Jurisprudenz an der Universität Warschau, seine Mutter die Tochter des bekannten Botanikers und Rektors der Petersburger Universität Andrej Beketow. Da sich Bloks Eltern bald nach seiner Geburts trennten, wuchs der junge Blok im Haushalt der Beketows auf, einem von weiblicher Präsenz und verfeinertem literarischen Geschmack geprägten Milieu. Sowohl Bloks Großmutter wie auch ihre vier Töchter waren als Schriftstellerinnen und Übersetzerinnen tätig. In einer autobiographischen Skizze von 1915 erwähnt Blok die Liebe zum Wort und die etwas altmodische »éloquence« (im Sinne Verlaines), die im Hause Beketow geherrscht habe und seine geistige Entwicklung entscheidend prägte.

1898 begann Blok das Studium der Jurisprudenz an der Petersburger Universität, wechselte aber drei Jahre später an die historisch-philologische Fakultät über, wo er bis 1906 klassische und slawische Literaturwissenschaft studierte. Ein wichtiger Einschnitt in seinem Leben war die Heirat, die er nach langjährigem Werben schließlich mit Ljubow Mendelejewa, der Tochter des berühmten Chemikers Dmitrij Mendelejew, 1903 einging. Das Frühwerk und viele seiner späteren Gedichte sind von Ljubow inspiriert, der er, auch wenn sich ihre Wege bald trennten und trotz neuer Beziehungen, bis zum Tod emotional verbunden blieb.

1904 veröffentlichte Blok seinen ersten Lyrikband, die »Verse von der Schönen Dame« (1901-1902) – eine Auswahl aus mehreren Hundert Gedichten, die seit 1898 entstanden waren. Das Buch fand in der Öffentlichkeit zunächst wenig Beachtung, wurde aber von der Avantgarde der symbolistischen Dichter, die Blok alsbald als einen der Ihren erkannten, begeistert begrüßt. Der gleichaltrige Andrej Belyj in Moskau feierte Blok gar als den Propheten einer neuen mystischen Religion und erhob Ljubow Blok, die irdische Inkarnation der »Schönen Dame«, zum Kultobjekt. Die Grundlage für diese Interpretation lieferten die theosophischen Weltsysteme Wladimir Solowjows (1853-1900) mit seiner Verehrung von »Sophia« als der personenhaften Verkörperung des Ewigweiblichen und der göttlichen Alleinheit. Solowjow übte mit seiner mystischen Lyrik in der Tat einen großen Einfluß auf den jungen Blok aus, und auch im späteren Werk ist die Einwirkung seiner Philosophie, vor allem seiner apokalyptischen Prophezeiungen, nicht zu unterschätzen.
Alles in allem wird jedoch eine vornehmlich mystisch-allegorische Interpretation dem Charakter der »Verse von der Schönen Dame« kaum gerecht. Sie sind in erster Linie ein lyrisches »journal intime«, mehr neoromantisch als symbolistisch geprägt und neben Solowjow auch dem spätromantisch-impressionistischen Lyriker Afanassij Fet (1820-1892) verpflichtet. Verlaines Devise »De la musique avant toute chose« und »Pas la couleur, rien que la nuance« könnte auch als Motto für Bloks frühe Poetik gelten mit ihrer Ästhetik des Unausgesprochenen, der geheimnisvollen Undeutlichkeit und vagen Vorahnung. Die »Schöne Dame« ist weniger konkret erlebte Vision als ständig evozierte, nie realisierte Erwartung, deren illusionärer Charakter allmählich auch dem lyrischen Ich zur beängstigenden Gewißheit wird. Der für Bloks späteres Werk so kennzeichnende desillusionierte Pessimismus ist schon in seinem ersten Gedichtband latent vorhanden.

Der Prozeß der Desillusionierung setzt sich in den Gedichten der folgenden Jahre fort, beobachtbar in einem gewandelten Selbstverständnis der Dichterfigur: In einer zunehmend prosaischen Welt wird der symbolistische »Prophet« in selbstironischer Brechung zum Gaukler und Schmierenkomödianten. Die abstrakten Ideallandschaften und kerzenbeleuchteten Sakralräume weichen im »Zweiten Buch« von Bloks Lyrik einem phantasmagorischen Dekor, der in seiner metaphorischen Verfremdung zahlreiche irreale und surreale Züge aufweist. Die mystische Traumwelt der »Verse von der Schönen Dame« verwandelt sich in die von allerlei bizarren Fabelwesen bevölkerte, neblig-feuchte und formlos-wässerige Sumpflandschaft des Newadeltas, aus der die vom bleichen Licht der nordischen Sonne beleuchtete Millionenstadt Petersburg mit ihren Industrieanlagen und trostlosen Vorstädten wie eine Fata Morgana emportaucht.
In Bloks Urbanismus verbinden sich Bizzarerie und sozialer Desillusionismus der westeuropäischen Großstadtdichtung, von Charles Baudelaires »Tableaux parisiens« und Emile Verhaerens »Villes tentaculaires«, die in Rußland durch die Vermittlung des Symbolisten Walerij Brjussow bekannt wurden, mit dem »autochthonen« Petersburg-Mythos Alexander Puschkins und Nikolaj Gogols. Wie bei Dostojewskij ist die russische Metropole auch bei Blok weniger Gegenstand einer realistischen Darstellung als ein ins Symbolische überhöhter Ausdruck der eigenen dichterischen Sensibilität. Konkrete Örtlichkeiten lassen sich nur wenige faßbar machen, und auch diese erscheinen in phantastischer Verzerrung: Die von bronzenen Pferdestatuen gesäumte Anitschkow-Brücke über der Fontanka wird zu einer Symphonie aus Wasser, Stahl und Nacht, und das Reiterstandbild des Stadtgründers am Newaufer beseelt sich in Bloks apokalyptischer Vision wie in Puschkins Poem »Der Eherne Reiter« mit dämonischem Leben.
Eine zentrale Rolle spielt in Bloks Stadtlandschaft die Frau-

engestalt der »Unbekannten«, die urbane Antithese zu der »Schönen Dame«. In den Stadtgedichten tritt das »Ewigweibliche« einerseits weiterhin als entrückte Transzendenz auf, verkörpert sich aber andererseits in polarer Spannung dazu in der Gestalt der Halbweltdame – das Schwanken zwischen der »Schönheit der Madonna« und der »Schönheit von Sodom« wird nun zum Grunderlebnis der Dichtung Bloks. Ort der Begegnung mit der »Unbekannten« (1906) ist das anonyme Menschengewühl auf der Straße und im Restaurant, wo sich, ähnlich wie in Baudelaires Sonett »À une passante«, in einem kurzen Aufblitzen für Sekunden ein Blickkontakt herstellt, bevor die Beziehung in der weiterflutenden Menge sogleich wieder abbricht. Die »Unbekannte« bleibt ungreifbar wie zuvor, und die vom Dichter erträumte poetische Fluchtwelt erweist sich als Effekt des Alkoholrausches.

Das Gedicht von der »Unbekannten«, verfaßt im Bahnhofsrestaurant des Villenvororts Oserki bei Petersburg, machte Blok fast über Nacht zur Berühmtheit. Als er den Text in der Wohnung des Dichters Wjatscheslaw Iwanow, dem Treffpunkt der literarischen und geistigen Elite Petersburgs in jener Zeit, zum erstenmal vortrug, wurde ihm ein triumphaler Erfolg zuteil. Mit seinem paradoxen Nebeneinander von banaler Realität und geheimnishafter Schönheit ist das Gedicht eine Summe der Poetik Bloks, und mit seiner subtilen Verskunst ein Höhepunkt in der Geschichte der russischen Lyrik. Auf die zeitgenössischen Zuhörer übten Bloks Verse mit ihrer litaneihaft-beschwörenden Syntax, den melodiösen Klangfiguren und der ungewöhnlichen Bildlichkeit eine beinahe narkotisierende Wirkung aus. Die »Unbekannte« wurde, wie Kornej Tschukowskij schreibt, zum »Glaubensbekenntnis« einer ganzen Generation in Rußland.

Ein weiterer Höhepunkt in Bloks Werk ist der um die Jahreswende in wenigen Tagen entstandene Zyklus »Die Schneemaske« (1906-1907), inspiriert von der Leidenschaft des Dichters für die Schauspielerin Natalja Wolochowa. In einem

visionären Bilderrausch verbinden sich Schnee und Feuer, das Eiskalte und das brennend Heiße zu immer neuen bizarren Kombinationen und Metaphernketten, die eine sogartige Eigendynamik entwickeln. Auch die strenge Regelmäßigkeit des Versbaus kann sich dem Ansturm des dionysischen Elements nicht entziehen und öffnet sich zuweilen einer eruptiv strömenden Diktion, einem dahinstürmenden Rhythmus.
Nach 1908, mit dem »Dritten Buch« seiner gesammelten Dichtungen, kehrt Bloks Lyrik in metrisch ruhigere Bahnen zurück. Souverän spielt nun der Dichter mit den technischen Möglichkeiten der Verskunst und setzt wirkungsvoll alle Kunstmittel seiner Bilder- und Klangwelten ein. Die Großstadtthematik setzt sich im Zyklus »Schreckliche Welt« (1909-1916) fort, in dem Blok mit zynischer Ironie den Mythos der romantischen Liebe demontiert und Petersburg sich in eine geisterhafte, von Skeletten bevölkerte Nekropolis verwandelt. Im Fieberrausch von Alkohol, Prostitution und Zigeunermusik wird der Dichter zuweilen von quälender Gewissensnot und beängstigenden Halluzinationen gepeinigt, und die unsichtbaren »Schritte des Komturs« (1912) erscheinen als das Schreckgespenst drohender Vergeltung am Horizont. Zum dominierenden Thema des »Dritten Buches« wird indessen die nach der »Schönen Dame« und der »Unbekannten« dritte und letzte weibliche Projektion und Inkarnation von Bloks Sehnsüchten: seine Heimat Rußland. Es ist nicht das imperiale Rußland der Hurrapatrioten, sondern das rückständige, armselige, »mit dem Verstand nicht zu erfassende« Rußland Fjodor Tjutschews und der Slawophilen, dem die paradoxe Liebe des Dichters gilt. In der unendlichen Weite des russischen Raums erhofft er sich Erlösung vom Syndrom der Großstadtzivilisation, und im einfachen russischen Menschen sieht er, wie Leo Tolstoj, eine dem Europäer abhanden gekommene vitale Kraft. Es kann nicht verwundern, daß Blok der russischen Revolution, sowohl derjenigen von 1905 wie auch der Februar- und Oktoberrevolution von 1917, positiv

gegenüberstand: Er sah in ihr einen reinigenden Zyklon, einen Kataklysmus von kosmischer Dimension, der als »musikalische Woge« die alte Welt mit all ihrer verkrusteten Falschheit hinwegfegen würde. Nach dem Oktober 1917 rief er die russische Intelligenzija dazu auf, der »Musik der Revolution zu lauschen«.

Aus diesem Empfinden heraus entstand das berühmte Revolutionspoem »Die Zwölf« vom Januar 1918 und, beinahe gleichzeitig, die vom klassizistischen Odenstil Lomonossows und Dershawins inspirierten »Skythen« (1918), ein brillantes Werk feierlich-pathetischer Rhetorik. Diesen Texten hat es Blok zu verdanken, daß er heute in seiner Heimat als ein »großer Sowjetdichter« gefeiert wird und sein Werk vom Bannstrahl der stalinistischen Zensur weitgehend verschont blieb. *Seine* Vision der Revolution hat freilich mit der Marxistisch-Leninistischen kaum etwas gemein, was auch den neuen Machthabern nicht verborgen blieb. Leo Trotzkij schrieb 1923: »Natürlich ist Blok nicht einer von uns, aber er hat seine Hand zu uns ausgestreckt. Und darüber ist er zusammengebrochen.«

Mit den »Skythen« bricht Bloks lyrisches Werk unvermittelt ab. In den verbleibenden Jahren seines Lebens bekleidete er verschiedene Posten in der Theaterkommission des Kulturministeriums und erledigte Redaktionsarbeiten für den Verlag »Weltliteratur«, unter zum Teil schwierigen materiellen Bedingungen, überarbeitet und ermüdet und zunehmend enttäuscht von der neuen Gesellschaftsordnung. 1919 wurde er als »verdächtiges Element« vorübergehend von der Tscheka festgenommen. Zwei Jahre später, am 7. August 1921, starb er, vermutlich an einem Herzleiden, in seiner Mietwohnung am Prjaschka-Fluß, wo sich heute das Leningrader Blok-Museum befindet.

Die wenige Monate vor seinem Tod gehaltene Puschkinrede mit dem Titel »Über die Berufung des Dichters« kann als Bloks poetologisches Vermächtnis gelten. Nicht die Kugel des Duellanten d'Anthès, sondern ein »Mangel an Luft« habe Puschkin getötet, erklärt er dort. Die Aufgabe des Dichters definiert er, in der ewigen Dialektik von Chaos und Kosmos, als die Stiftung von Harmonie: »Der Dichter ist der Sohn der Harmonie; und ihm ist eine bestimmte Rolle in der Weltkultur gegeben. Drei Dinge sind ihm auferlegt: erstens, Klänge aus dem anarchischen Urelement zu befreien; zweitens, diese Klänge in Harmonie zu bringen, ihnen Form zu verleihen; drittens, diese Harmonie in die äußere Welt hinauszutragen.« Eine solche an Schopenhauer, Nietzsche und Wagner erinnernde Bestimmung der Dichtung aus dem Geiste der Musik ist kennzeichnend für seine Poetik. Blok ist nicht eigentlich ein Gedankenlyriker; andere Dichter des zwanzigsten Jahrhunderts mögen ihn an analytischer Schärfe übertreffen. Sein im ganzen weniger zerebral als emotional ausgerichtetes Werk wirkt unmittelbar und intensiv auf die Gefühlsebene; darin liegt seine Stärke und wohl auch ein Grund für seine bis heute ungebrochene Popularität.

Bloks Verdienst bleibt es, die Atmosphäre und Schwingungen seiner Epoche, einer Zeit des sozialen und politischen Umbruchs und einer prekären, vom Untergang bedrohten kulturellen Hochblüte, in Bilderwelten von visionärer Kraft, formaler Vollendung und tiefer Musikalität verewigt zu haben. Nicht zufällig erstreckt sich sein Leben beinahe symmetrisch über die Schwelle zweier Jahrhunderte: Er ist einerseits ein Erbe der Romantik, in einem gewissen Sinn »der letzte romantische Dichter« (Viktor Žirmunskij), und wird andrerseits mit seinen kühnen Formexperimenten, ungewöhnlichen Reimen und dynamischen Metaphern zum Künder der Moderne und zum Inspirator einer ganzen Generation russischer Dichter unseres Jahrhunderts. »Mit Blok verlebten und verbrachten ich und ein Teil meiner Altersgenossen unsere Jugend. Blok hatte alles, was einen großen Dichter ausmacht – Feuer, Zärtlichkeit, Eindringlichkeit, sein eigenes Weltbild, seine Gabe einer besonderen, alles verwandelnden Berührung, sein verhaltenes, unauffälliges, in sich selbst zurückgezogenes Schicksal ... Elemente der Wirklichkeit wurden wie in einem Luftstrom vom Wirbelwind der Blokschen Sensibilität in seine Bücher hineingetragen. ... Die summarische Welt, die Seele, der Träger dieser Wirklichkeit war die Stadt der Blokschen Verse, der Hauptheld seiner Erzählung, seiner Biographie. ... Gleichzeitig war dieses Stadtbild aus Elementen zusammengesetzt, die eine solch nervös-sensible Hand auserlesen hatte, und einer solcher Vergeistigung unterworfen, daß es sich ganz in die packende Erscheinung einer seltensten Innenwelt verwandelte.« (Boris Pasternak, 1956)

Adrian Wanner

BENUTZTE LITERATUR

Aleksandr Blok: Sobranie sočinenij, 8 Bände, Moskau–Leningrad 1960-63. Zapisnye knižki, 1965.
Ljubov' Blok: I byl', i nebylicy o Bloke i o sebe, Bremen ²1979.
Kornej Čukovskij: Aleksandr Blok kak čelovek i poėt, Petrograd 1924 (Alexander Blok as Man and Poet, Ann Arbor 1982).
Boris Eichenbaum: Sud'ba Bloka (1921), Repr. Letchworth 1979.
Konstantin Močul'skij: Aleksandr Blok, Paris 1948 (Engl. Übersetzung: Detroit 1983).
Renato Poggioli: »Aleksandr Blok«. In: The Poets of Russia 1890-1930, Cambridge, Mass. 1960.
Avril Pyman: The Life of Aleksandr Blok, 2 Bände, Oxford 1979-80.
Lev Trockij: Literatura i revoljucija, Moskau 1923 (Leo Trotzki: Literatur und Revolution, Wien 1924).
Viktor Žirmunskij: Poėzija Aleksandra Bloka (1921), Repr. Letchworth 1975.

СОДЕРЖАНИЕ

Из »Первой книги«

Из »Второй книги«

INHALT

Aus dem »Ersten Buch«

Aus dem »Zweiten Buch«

Из »Третьей книги«

Aus dem »Dritten Buch«

Bibliothek Suhrkamp

Zwei- und mehrsprachige Bände

Anna Achmatowa
Gedichte
Russisch und deutsch.
Nachdichtungen von Heinz Czechowski, Uwe Grüning, Sarah Kirsch, Rainer Kirsch.
Herausgegeben und mit einem Nachwort von Ilma Rakusa.
205 Seiten. BS 983

Rafael Alberti
Zu Lande zu Wasser
Gedichte.
Spanisch und deutsch.
Übertragen und mit einem Nachwort von Erwin Walter Palm.
157 Seiten. BS 60

Guillaume Apollinaire
Bestiarium oder Das Gefolge des Orpheus
Le Bestiaire ou cortège d'Orphée
Französisch und deutsch.
Übertragen von Karl Krolow.
Mit Holzschnitten von Raoul Dufy.
78 Seiten. BS 607

Charles Baudelaire
Ausgewählte Gedichte
Französisch und deutsch.
Übertragen und mit einem Vorwort über die Aufgabe des Übersetzers von Walter Benjamin.
Redaktion und Nachbemerkung von Tillman Rexroth.
168 Seiten. BS 257

Samuel Beckett
Bruchstücke
Fragment de Théâtre / Theatre
Französische und englische Originalfassungen.
Deutsche Übertragung von Erika Tophoven und Elmar Tophoven.
83 Seiten. BS 657
Erste Liebe / Premier amour
Französisch und deutsch.
Übertragung von Elmar Tophoven.
137 Seiten. BS 277
Damals / That Time
Englisch und deutsch.
Übertragung von Elmar Tophoven.
82 Seiten. BS 494
Drei Gelegenheitsstücke
Three Occasional Pieces
Englisch und deutsch.
Übertragung von Elmar Tophoven.
91 Seiten. BS 807
Um abermals zu enden und anderes Durchgefallenes
Pour finir encore et autres foirades
Fizzles
Französische und englische Originalfassungen.
Deutsche Übertragung von Elmar Tophoven.
148 Seiten. BS 582
Der Verwaiser / Le dépeupleur
The Lost Ones
Französische und englische Originalfassungen.
Deutsche Übertragung von Elmar Tophoven.
93 Seiten. BS 1027

Alexander Blok
Gedichte
Russisch und deutsch.
Auswahl, Nachdichtung und Nachwort von Adrian Wanner.
190 Seiten. BS 1052

André du Bouchet
Vakante Glut
Dans la chaleur vacante
Französisch und deutsch.
Übertragung von Paul Celan.
187 Seiten. BS 1021

Michel Butor
Fenster auf die Innere Passage
Fenêtres sur le passage intérieur
Französisch und deutsch.
Übertragen von
Helmut Scheffel.
179 Seiten. BS 518

João Cabral de Melo Neto
Erziehung durch den Stein
Gedichte.
Portugiesisch und deutsch.
Übertragung und Nachwort von
Curt Meyer-Clason.
320 Seiten. BS 713

Ernesto Cardenal
Gedichte
Spanisch und deutsch.
Übertragen von Stefan Baciu und
Anneliese Schwarzer de Ruiz.
260 Seiten. BS 705

René Char
Lob einer Verdächtigen
Éloge d'une Soupçonnée
Gedichte.
Französisch und deutsch.
Übertragung von Lothar Klünner.
Nachwort von Jean Starobinski.
71 Seiten. BS 1023

Carlos Drummond de Andrade
Gedichte
Portugiesisch und deutsch.
Übertragung und Nachwort von
Curt Meyer-Clason.
417 Seiten. BS 765

T.S. Eliot
Gedichte
Englisch und deutsch.
Übertragung von
E. R. Curtis,
Hans Magnus Enzensberger,
Erich Fried, Eva Hesse,
Klaus Günther Just und
R. A. Schröder.
225 Seiten. BS 130

Old Possums Katzenbuch
Old Possum's Book of Practical Cats
Englisch und deutsch.
Übertragung von Erich Kästner,
Werner Peterich, Friedrich Podszus,
R. A. Schröder, Annemarie Seidel,
Peter Suhrkamp, Siegfried Unseld,
Nora Wydenbruck und
Carl Zuckmayer.
Illustrationen von Edward Gorey.
142 Seiten. BS 10

Das wüste Land
The Waste Land
Englisch und deutsch.
Übersetzt von Ernst Robert Curtius.
Mit einem Nachwort von
Hans Egon Holthusen.
97 Seiten. BS 425

Odysseas Elytis
Ausgewählte Gedichte
Neugriechisch und deutsch.
Ausgewählt und übertragen von
Barbara Vierneisel-Schlörb und
Antigone Kasolea.
Mit einem Nachwort von
Hans Rudolf Hilty.
196 Seiten. BS 696
Lieder der Liebe / Ta ro tu Erota
Neugriechisch und deutsch.
Übertragen von Hans Eideneier.
Mit acht Collagen des Autors.
117 Seiten. BS 745
Neue Gedichte
Neugriechisch und deutsch.
Übertragen von Barbara
Vierneisel-Schlörb unter
Mitwirkung von Antigone Kasolea.
212 Seiten. BS 843

Federico García Lorca
Diwan des Tamarit
Diván del Tamarit
Sonette der dunklen Liebe
Sonetos del amor oscuro
Gedichte. Spanisch und deutsch.
Übertragen von Rudolf Wittkopf
und Lothar Klünner.
109 Seiten. BS 1047

Generation von 27
Gedichte
von Rafael Alberti, Vicente Aleixandre,
Luis Cernuda, Gerardo Diego,
Federico García Lorca,
Jorge Guillén, Pedro Salinas.
Spanisch und deutsch.
Übertragen von Hildegard Baumgart,
Enrique Beck, Fritz Rudolf Fries,
Lothar Klünner, Fritz Vogelgsang,
Rudolf Wittkopf.
Herausgegeben von J. M. Castellet
und Pere Gimferrer.
349 Seiten. BS 796

Robert Graves
Das kühle Netz/
The Cool Web
Gedichte.
Englisch und deutsch.
Auswahl, Übertragung
und Nachwort
von Wolfgang Held.
203 Seiten. BS 1032

Jorge Guillén
Ausgewählte Gedichte
Spanisch und deutsch.
Auswahl, Übersetzung
und Nachwort von
Hildegard Baumgart.
135 Seiten. BS 411

Nicolás Guillén
Gedichte
Spanisch und deutsch.
Übertragung von Erich Arendt,
Hans-Otto Dill, Fritz Rudolf Fries,
Janheinz Jahn, Dieter Reichardt.
Auswahl und Nachwort von
Dieter Reichardt.
158 Seiten. BS 786

Ferreira Gullar
Schmutziges Gedicht
Poema Sujo
Portugiesisch und deutsch.
Übertragung und Nachwort von
Curt Meyer-Clason.
207 Seiten. BS 893

Max Jacob
Höllenvisionen
Visions infernales
Französisch und deutsch.
Übertragung und Nachwort von
Una Pfau.
187 Seiten. BS 889

Gustav Januš
Gedichte 1962–1983
Slowenisch und deutsch.
Übertragen von
Peter Handke.
121 Seiten. BS 820

James Joyce
Anna Livia Plurabelle
Deutsche Übertragungen
von Wolfgang Hildesheimer
und Hans Wollschläger.
Mit einer Einleitung von
Klaus Reichert.
Im Anhang eine Teilübersetzung ins
Basic English von C.K. Ogden,
eine deutsche Übersetzung
von Georg Goyert und eine
französische Teilübersetzung von
Samuel Beckett, Philippe Soupault,
Alfred Péron, Ivan Goll,
Eugène Jolas, Paul-L. Léon,
Adrienne Monnier,
in Zusammenarbeit mit
dem Autor.
176 Seiten. BS 253

Giacomo Joyce
Englisch und deutsch.
Übertragung von Klaus Reichert.
Anmerkungen von Fritz Senn.
Mit einer Einführung herausgegeben
von Richard Ellmann.
80 Seiten. BS 240
Die Toten / The Dead
Englisch und deutsch.
Übertragung von
Dieter E. Zimmer.
Mit Nachworten von
Richard Ellmann und
Eberhard Späth.
169 Seiten. BS 512

Konstantinos Kavafis
Um zu bleiben
Liebesgedichte.
Griechisch und deutsch.
Übersetzung und Nachwort
von Michael Schroeder. Mit 13
Radierungen von David Hockney.
110 Seiten. BS 1020

Ossip Mandelstam
Schwarzerde / Černozem
Gedichte.
aus den Woronescher Heften.
Russisch und deutsch. Übertragung
und Nachwort von Ralph Dutli.
154 Seiten. BS 835

Pablo Neruda
Gedichte
Spanisch und deutsch.
Übertragung und Nachwort von
Erich Arendt.
267 Seiten. BS 99
Die Raserei und die Qual
Gedichte.
Spanisch und deutsch.
Auswahl, Übertragung und Nachwort
von Hans Magnus Enzensberger.
119 Seiten. BS 908

Martinus Nijhoff
Die Stunde X
Gedichte.
Niederländisch und deutsch.
Übertragung und Nachwort
von Ard Posthuma.
115 Seiten. BS 859

Octavio Paz
Gedichte
Spanisch und deutsch.
Übertragung und Nachwort von
Fritz Vogelgsang.
325 Seiten. BS 551

Sylvia Plath
Ariel
Gedichte. Englisch und deutsch.
Übertragen von Erich Fried.
181 Seiten. BS 380

Marcel Proust
Der Gleichgültige
L'Indifférent
Erzählung.
Französisch und deutsch.
Übertragen von Elisabeth Borchers.
Mit einem Vorwort und
Anmerkungen von Philip Kolb.
99 Seiten. BS 601

Mercè Rodoreda
Reise ins Land der verlorenen
Mädchen / Viatges i Flors
Poetische Prosastücke.
Katalanisch und deutsch.
Übertragung von Angelika Maass.
Nachwort von Carmen Arnau.
215 Seiten. BS 707

Rose aus Asche
Spanische und spanisch-
amerikanische Gedichte
1900–1950.
Spanisch und deutsch.
Übertragen, herausgegeben und mit
einem Nachwort versehen von
Erwin Walter Palm.
176 Seiten. BS 734

Saint-John Perse
Winde / Vents
Französisch und deutsch.
Übertragung und Nachwort
von Friedhelm Kemp.
176 Seiten. BS 122

Pedro Salinas
Gedichte / Poemas
Spanisch und deutsch.
Ausgewählt und übertragen
von Rudolf Wittkopf.
165 Seiten. BS 1049

Giorgos Seferis
Poesie
Griechisch und deutsch.
Auswahl, Übertragung
und Nachwort von
Christian Enzensberger.
103 Seiten. BS 962

Giuseppe Ungaretti
Gedichte
Italienisch und deutsch.
Übertragung und Nachwort von
Ingeborg Bachmann.
157 Seiten. BS 70

Paul Valéry
Gedichte
Französisch und deutsch.
Übertragen von Rainer Maria Rilke.
Mit einem Nachwort von
Karl Krolow.
141 Seiten. BS 992
Die junge Parze / La jeune Parque
Gedicht.
Französisch und deutsch.
Übertragen von Paul Celan.
59 Seiten. BS 757

César Vallejo
Gedichte
Spanisch und deutsch.
Übertragung und Nachwort von
Hans Magnus Enzensberger.
130 Seiten. BS 110

William Carlos Williams
Die Worte, die Worte, die Worte
Gedichte.
Amerikanisch und deutsch.
Übertragung, Nachwort und das
Gedicht »Envoi. Für William
Carlos Williams,
gestorben am 6. März 1963«
von Hans Magnus Enzensberger.
211 Seiten. BS 76

Marina Zwetajewa
Phoenix
Versdrama in drei Bildern.
Russisch und deutsch.
Nachdichtung von Ilma Rakusa.
190 Seiten. BS 1057

Bibliothek Suhrkamp

Verzeichnis der letzten Nummern

805 Henry de Montherlant, Die Junggesellen
806 Ricarda Huch, Lebenslauf des heiligen Wonnebald Pück
807 Samuel Beckett, Drei Gelegenheitsstücke
808 Juan Carlos Onetti, So traurig wie sie
810 Guido Ceronetti, Das Schweigen des Körpers
811 Katherine Mansfield, Meistererzählungen
812 Hans Mayer, Ein Denkmal für Johannes Brahms
813 Ogai Mori, Vita sexualis
814 Benito Pérez Galdós, Miau
815 Gertrud Kolmar, Gedichte
816 Rosario Castellanos, Die neun Wächter
817 Bohumil Hrabal, Schöntrauer
818 Thomas Bernhard, Der Schein trügt
819 Martin Walser, Ein fliehendes Pferd
820 Gustav Januš, Gedichte
821 Bernard von Brentano, Die ewigen Gefühle
822 Franz Hessel, Der Kramladen des Glücks
823 Salvatore Satta, Der Tag des Gerichts
824 Marie Luise Kaschnitz, Liebe beginnt
825 John Steinbeck, Die Perle
826 Clarice Lispector, Der Apfel im Dunkel
827 Bohumil Hrabal, Harlekins Millionen
828 Hans-Georg Gadamer, Lob der Theorie
829 Manuel Rojas, Der Sohn des Diebes
830 Jacques Stéphen Alexis, Der verzauberte Leutnant
831 Gershom Scholem, Judaica 4
832 Elio Vittorini, Erica und ihre Geschwister
833 Oscar Wilde, De Profundis
834 Peter Handke, Wunschloses Unglück
835 Ossip Mandelstam, Schwarzerde
836 Mircea Eliade, Dayan / Im Schatten einer Lilie
837 Angus Wilson, Späte Entdeckungen
838 Robert Walser, Seeland
839 Hermann Hesse, Sinclairs Notizbuch
840 Luigi Malerba, Tagebuch eines Träumers
841 Ivan Bunin, Mitjas Liebe
842 Jürgen Becker, Erzählen bis Ostende
843 Odysseas Elytis, Neue Gedichte
844 Robert Walser, Die Gedichte
845 Paul Nizon, Das Jahr der Liebe
846 Félix Vallotton, Das mörderische Leben
847 Clarice Lispector, Nahe dem wilden Herzen
848 Edmond Jabès, Das Buch der Fragen
849 Ludwig Hohl, Daß fast alles anders ist
850 Jorge Amado, Die Abenteuer des Kapitäns Vasco Moscoso

851 Hermann Lenz, Der Letzte
852 Marie Luise Kaschnitz, Elissa
853 Jorge Amado, Die drei Tode des Jochen Wasserbrüller
854 Rudyard Kipling, Das Dschungelbuch
855 Alexander Moritz Frey, Solneman der Unsichtbare
857 Thomas Bernhard, Beton
858 Felisberto Hernández, Die Hortensien
859 Martinus Nijhoff, Gedichte
860 Jurij Trifonow, Zeit und Ort
861 Shen Congwen, Die Grenzstadt
862 Ogai Mori, Die Wildgans
863 Karl Krolow, Im Gehen
865 Gertrud von le Fort, Die Tochter Farinatas
866 Joachim Maass, Die unwiederbringliche Zeit
867 Stanisław Lem, Die Geschichte von den drei geschichtenerzählenden Maschinen des Königs Genius
868 Peter Huchel, Margarethe Minde
869 Hermann Hesse, Steppenwolf mit 15 Aquarellen von Gunter Böhmer
870 Thomas Bernhard, Der Theatermacher
871 Hans Magnus Enzensberger, Der Menschenfreund
872 Emmanuel Boye, Bécon-les-Bruyères
873 Max Frisch, Biografie: Ein Spiel, Neue Fassung 1984
874 Anderson/Stein, Briefwechsel
875 Rafael Sánchez Ferlosio, Abenteuer und Wanderungen des Alfanhui
876 Walter Benjamin, Sonette
877 Franz Hessel, Pariser Romanze
878 Danilo Kiš, Garten, Asche
879 Hugo von Hofmannsthal, Lucidor
880 Adolf Muschg, Leib und Leben
881 Horacio Quiroga, Geschichten von Liebe, Irrsinn und Tod
882 Max Frisch, Blaubart
883 Mircea Eliade, Nächte in Serampore
884 Clarice Lispector, Die Sternstunde
885 Konrad Weiß, Die Löwin
886 Tania Blixen, Moderne Ehe
887 Jean Grenier, Die Inseln
888 Thomas Bernhard, Ritter, Dene, Voss
889 Max Jacob, Höllenvisionen
891 Peter Huchel, Die neunte Stunde
892 Scholem Alejchem, Schir-ha-Schirim
893 Ferreira Gullar, Schmutziges Gedicht
894 Martin Kessel, Die Schwester des Don Quijote
895 Raymond Queneau, Mein Freund Pierrot
896 August Strindberg, Schwarze Fahnen
898 E. M. Cioran, Widersprüchliche Konturen
899 Thomas Bernhard, Der Untergeher
900 Martin Walser, Gesammelte Geschichten
901 Leonora Carrington, Das Hörrohr
903 Walker Percy, Der Kinogeher
904 Julien Gracq, Die engen Wasser

905 Francesco Jovine, Die Äcker des Herrn
906 Richard Weiner, Spiel im Ernst
907 Gertrude Stein, Jedermanns Autobiographie
908 Pablo Neruda, Die Raserei und die Qual
909 Marie Luise Kaschnitz, Menschen und Dinge 1945
910 Thomas Bernhard, Einfach kompliziert
911 Alexander Kluge, Lebensläufe
912 Michel Butor, Bildnis des Künstlers als junger Affe
914 Wolfgang Koeppen, Der Tod in Rom
915 Catherine Colomb, Das Spiel der Erinnerung
916 Bohumil Hrabal, Sanfte Barbaren
917 Tania Blixen, Ehrengard
918 Bernard Shaw, Frau Warrens Beruf
919 Mercè Rodoreda, Der Fluß und das Boot
920 Adolf Muschg, Dreizehn Briefe Mijnheers
921 Jorge de Sena, Der wundertätige Physicus
922 Anatolij Kim, Der Lotos
923 Friederike Mayröcker, Reise durch die Nacht
924 Stig Dagerman, Deutscher Herbst
926 Wolfgang Koeppen, Tauben im Gras/Das Treibhaus/Der Tod in Rom
927 Thomas Bernhard, Holzfällen
928 Danilo Kiš, Ein Grabmal für Boris Dawidowitsch
929 Janet Frame, Auf dem Maniototo
930 Peter Handke, Gedicht an die Dauer
931 Alain Robbe-Grillet, Der Augenzeuge
934 Leonid Leonow, Evgenia Ivanovna
935 Marguerite Duras, Liebe
936 Hans Erich Nossack, Das Mal und andere Erzählungen
937 Raymond Queneau, Die Haut der Träume – »Fern von Rueil«
938 Juan Carlos Onetti, Leichensammler
939 Franz Hessel, Alter Mann
940 Bernard Shaw, Candida
941 Marina Zwetajewa, Mutter und die Musik
942 Jürg Federspiel, Die Ballade von der Typhoid Mary
943 August Strindberg, Der romantische Küster auf Rånö
944 Alberto Savinio, Maupassant und der andere
945 Hans Mayer, Versuche über Schiller
946 Martin Walser, Meßmers Gedanken
947 Ödön von Horváth, Jugend ohne Gott
948 E. M. Cioran, Der zersplitterte Fluch
949 Alain, Das Glück ist hochherzig
950 Thomas Pynchon, Die Versteigerung von No. 49
951 Raymond Queneau, Heiliger Bimbam
952 Hermann Ungar, Die Verstümmelten
953 Marina Zwetajewa, Auf eigenen Wegen
954 Maurice Blanchot, Thomas der Dunkle
955 Thomas Bernhard, Watten
956 Eça de Queiroz, Der Mandarin
957 Norman Malcolm, Erinnerungen an Wittgenstein
958 André Gide, Aufzeichnungen über Chopin

959 Wolfgang Hoffmann-Zampis, Erzählung aus den Türkenkriegen
961 August Scholtis, Jas der Flieger
962 Giorgos Seferis, Poesie
963 Andrzej Kuśniewicz, Lektion in einer toten Sprache
964 Thomas Bernhard, Elisabeth II.
965 Hans Blumenberg, Die Sorge geht über den Fluß
966 Walter Benjamin, Berliner Kindheit, Neue Fassung
967 Marguerite Duras, Der Liebhaber
968 Ernst Barlach, Der gestohlene Mond
969 Tschingis Aitmatow, Der weiße Dampfer
970 Christine Lavant, Gedichte
971 Catherine Colomb, Tagundnachtgleiche
972 Robert Walser, Der Räuber
973 Franz Rosenzweig, Der Stern der Erlösung
974 Jan Józef Szczepański, Ikarus
975 Melchior Vischer, Sekunde durch Hirn/Der Hase
976 Juan Carlos Onetti, Grab einer Namenlosen
977 Vincenzo Consolo, Die Wunde im April
978 Jürgen Becker, Felder
979 E. M. Cioran, Von Tränen und von Heiligen
980 Olof Lagercrantz, Die Kunst des Lesens und des Schreibens
981 Hermann Hesse, Unterm Rad
982 T. S. Eliot, Über Dichtung und Dichter
983 Anna Achmatowa, Gedichte
984 Hans Mayer, Ansichten von Deutschland
985 Marguerite Yourcenar, Orientalische Erzählungen
986 Robert Walser, Poetenleben
987 René Crevel, Der schwierige Tod
988 Scholem Alejchem, Eine Hochzeit ohne Musikanten
989 Erica Pedretti, Valerie
990 Samuel Joseph Agnon, Der Verstoßene
991 Janet Frame, Wenn Eulen schrein
992 Paul Valéry, Gedichte
993 Viktor Šklovskij, Dritte Fabrik
994 Yakup Kadri, Der Fremdling
995 Patrick Modiano, Eine Jugend
997 Thomas Bernhard, Heldenplatz
998 Hans Blumenberg, Matthäuspassion
999 Julio Cortázar, Der Verfolger
1000 Samuel Beckett, Mehr Prügel als Flügel
1001 Peter Handke, Die Wiederholung
1002 Else-Lasker-Schüler, Arthur Aronymus
1003 Heimito von Doderer, Die erleuchteten Fenster
1004 Hans-Georg Gadamer, Das Erbe Europas
1005 Hans Jonas, Das Prinzip Verantwortung
1006 Marguerite Duras, Aurelia Steiner
1007 Juan Carlos Onetti, Der Schacht
1008 E. M. Cioran, Auf den Gipfeln der Verzweiflung
1009 Marina Zwetajewa, Ein gefangener Geist
1010 Christine Lavant, Das Kind

1011 Alexandros Papadiamantis, Die Mörderin
1012 Hermann Broch, Die Schuldlosen
1013 Benito Pérez Galdós, Tristana
1014 Conrad Aiken, Fremder Mond
1015 Max Frisch, Tagebuch 1966–1971
1016 Catherine Colomb, Zeit der Engel
1017 Georges Dumézil, Der schwarze Mönch in Varennes
1018 Peter Huchel, Gedichte
1019 Gesualdo Bufalino, Das Pesthaus
1020 Konstantinos Kavafis, Um zu bleiben
1021 André du Bouchet, Vakante Glut / Dans la chaleur vacante
1022 Rainer Maria Rilke, Briefe an einen jungen Dichter
1023 René Char, Lob einer Verdächtigen / Eloge d'une Soupconnée
1024 Cees Nooteboom, Ein Lied von Schein und Sein
1025 Gerhart Hauptmann, Das Meerwunder
1026 Juan Benet, Ein Grabmal / Numa
1027 Samuel Beckett, Der Verwaiser / Le dépeupleur / The Lost Ones
1028 Ulrich Plenzdorf, Die neuen Leiden des jungen W.
1029 Bernhard Shaw, Die Abenteuer des schwarzen Mädchens auf der Suche nach Gott
1030 Francis Ponge, Texte zur Kunst
1031 Tankred Dorst, Klaras Mutter
1032 Robert Graves, Das kühle Netz / The Cool Web
1033 Alain Robbe-Grillet, Die Radiergummis
1034 Robert Musil, Vereinigungen
1035 Virgilio Piñera, Kleine Manöver
1036 Kazimierz Brandys, Die Art zu leben
1037 Karl Krolow, Meine Gedichte
1038 Leonid Andrejew, Die sieben Gehenkten
1039 Volker Braun, Der Stoff zum Leben 1-3
1040 Samuel Beckett, Warten auf Godot
1041 Alejo Carpentier, Die Hetzjagd
1042 Nicolas Born, Gedichte
1043 Maurice Blanchot, Das Todesurteil
1044 D. H. Lawrence, Der Mann, der Inseln liebte
1045 Jurek Becker, Der Boxer
1046 E. M. Cioran, Das Buch der Täuschungen
1047 Federico García Lorca, Diwan des Tamarit / Diván
1048 Friederike Mayröcker, Das Herzzerreißende der Dinge
1049 Pedro Salinas, Gedichte / Poemas
1050 Jürg Federspiel, Museum des Hasses
1052 Alexander Blok, Gedichte
1053 Raymond Queneau, Stilübungen
1054 Dolf Sternberger, Figuren der Fabel
1055 Gertrude Stein, Q. E. D.

Bibliothek Suhrkamp

Alphabetisches Verzeichnis